नीत्शे की कुटाई

युवान
बुक्स

अनबाउंड स्क्रिप्ट का उपक्रम

नीत्शे की कुटाई

प्रथम संस्करण : जनवरी, 2026

ISBN : 978-93-47125-24-9

प्रकाशक : अनबाउंड स्क्रिप्ट
2/41, अंसारी रोड,
दरियागंज, दिल्ली – 110002
वेबसाइट : www.unboundscript.com
ई-मेल : books@unboundscript.com
फोन : 011– 35807601

NITSHE KI KUTAI
by MAYANK JAIN PARICHHA

मुद्रक : यश प्रिंटोग्राफ़िक्स, नोएडा

मूल्य : ₹ 249/–

नीत्शे की कुटाई

मयंक जैन परिच्छा

युवान बुक्स

अनुक्रम

एजेंट संतोष

एजेंट संतोष को लगता है कि वो किसी सीक्रेट मिशन पर हैं, उनको भारत को बचाना है।

लेकिन ये मिशन उनको अकेले ही संभालना है क्योंकि ये सीक्रेट है, भारत में और कोई भी नहीं जानता– न सरकार और न ही इस देश के नागरिक, कुछेक गिने चुने लोग हैं जो इस मिशन पर काम कर रहे हैं उनमें से एजेंट संतोष भी हैं।

देश में मौजूद ख़तरों से लड़ने के लिए, एक अच्छे एजेंट में कुछ विशिष्ट गुण होने चाहिए जो एजेंट संतोष में मौजूद हैं– जैसे हर व्यक्ति को शक की निगाह से देखना, और आते-जाते लोगों के शब्दों से सीक्रेट मिशन के कोड्स डिकोड करना। इसके लिए उनके पास एक तिरंगा डायरी है, जिसमें वो कोड्स, डिकोड करते हैं। यद्यपि ये तुलना जायज़ नहीं लेकिन, जैसे ऑस्ट्रिया के दार्शनिक लुडविग विट्गेंस्टाइन ने भाषा की सीमा का अध्ययन किया और पाया कि भाषा सच कहने का साधन नहीं, सच बनाने का साधन है। ऐसे ही एजेंट संतोष भी अपने ख़ुद के सच गढ़ते हैं।

उनका सच वास्तविकता से परे ही कुछ है, जैसे अगर वो मान लें कि पानी पीने से मृत्यु हो सकती है और उन्हें पानी नहीं पीना चाहिए, तो भगवान ही क्यूँ न उतर आए उनके लिए वही सच है। सच वही जो एजेंट संतोष ने ख़ुद बनाया, दुनिया का सच कुछ भी हो लेकिन उनके लिए उनका सच ही सर्वोपरि है।

एजेंट संतोष, न तो चरस-गाँजा का सेवन करते हैं न ही दारू, आयोडेक्स, वाइटनर या सिगरेट। ये सब उनको ध्यान भटकाने वाले उपकरण मालूम होते हैं। उनको लगता है कि ये सब उनके मिशन में बाधा उत्पन्न करेंगे। परंतु गुटका चबाना वो ग़लत नहीं मानते। उनका मानना है गुटके में आनंद की अनुभूति होती है और गुटका कोई नशा नहीं होता। लोग यूँ ही गुटके को बदनाम करते हैं।

गुटका एक विशिष्ट पदार्थ है, जो हिंदी भाषी क्षेत्र में युवकों को विरासत में मिलता है, आप जब चाहें, जहाँ चाहें इसका सेवन कर सकते हैं। आपका परिवार भी आपको नहीं रोकता क्योंकि आपके पिताजी भी गुटका या खैनी का सेवन कर रहे होते हैं और समाज तो इसको एक विशिष्ट दर्जा दे ही देता है। जहाँ चाहे जब चाहे गुटका खा सकते हैं, दीवारें लाल कर सकते हैं, जुबाँ केशरी कर सकते हैं। भोजन के बाद, या सुबह -सुबह उठने के बाद नाश्ते में, या फिर रात को सोने से पहले, या फिर रात में नींद खुल जाने पर। कभी भी, कहीं भी, चाहे यार दोस्त हों या फिर आप लड़की वालों के घर ही क्यों न बैठे हों। गुटका तो आप खा ही सकते हो, इसके लिए आपको छुपना नहीं होता।

एजेंट संतोष गुटका मुँह में भरे हुए दिन भर सोचते रहते हैं कि आक्रांताओं से देश की सुरक्षा कैसे करेंगे। उनको ये अफ़सोस भी होता है कि उनकी वीरता के बारे में वो अपने परिवार को कुछ नहीं बता सकते। उनका परिवार उनकी वीर गाथाओं से जीवनभर एकदम अनभिज्ञ रहेगा। शायद उनकी मृत्यु के बाद ही सरकार उनके परिवार

को कोई सम्मान चिन्ह पहुँचाए। जीते जी वो शायद ही इस अनुभव को महसूस कर पाएँ।

जब भी उनकी माँ खाना परोसती या आस-पास होती, तो एजेंट संतोष सोचते कि मेरी माँ कितनी भाग्यवान है कि उन्होनें देश के ऐसे सपूत को जन्म दिया, पर हाय उसकी मजबूरी! एजेंट संतोष अपनी माँ से कुछ कह ही नहीं सकते। कितना बड़ा दुःख है, माँ तक को अपनी वीरता ना बता सकना।

एजेंट संतोष देर रात सपनों में देश सेवा करते-करते थक जाते हैं तो उनको नींद आ जाती है। और सुबह दाँत घिसाई के बाद, निकल जाते हैं– अपनी चाय की दुकान पर।

एजेंट संतोष ने चाय की दुकान इसीलिए खोली क्योंकि उनका मानना है कि उनके खबरी अगर उनके पास कोई आक्रमण की ख़बर लायेंगे, तो उनके पास, एजेंट संतोष के पास आने का कोई कारण होना चाहिए और चाय की दुकान, भारतीय मर्दों के लिए निठल्लई करने का उच्चतम स्थान है– यहाँ कोई भी अकारण आकर घंटों बैठ सकता है। चाय की दुकान पर कोई रोक-टोक या कानून नहीं लगता, आपकी बात कितनी भी तुच्छ क्यूँ ना हो उसको गहरा ही समझा जाता है। एजेंट संतोष इसी इंतज़ार में अपनी चाय की दुकान में बैठे रहते कि उनका कोई खबरी उनके पास आएगा और उनको देश की सुरक्षा संबंधी कोई कोड बताएगा।

चाय की दुकानों पर देश की राजनीति की दिशा-दशा, खेल, मौसम– सब कुछ इस लिहाज से बतियाया जाता है, जैसे यहाँ ही सब फ़ैसले होने हैं।

जैसे ही एजेंट संतोष चाय की दुकान खोलते हैं कि लोगों का जमावड़ा उमड़ जाता है।

दुकान की स्टॉल के बाहर एक खाट और दो आमने-सामने, बड़े स्टूल पड़े रहते थे, एजेंट संतोष ने अपनी दुकान के बाहर लोगों के बैठने के उचित इंतज़ाम के लिए लकड़ी और पत्तों का अच्छा छपरा बनवाया था, जिसके ऊपर पीली तारपौलीन डाली गई थी, ताकि बारिश का पानी ना आए, और लोग निश्चिंत होकर घंटों तक बैठे रहें।

कलुआ अख़बार लेकर बैठा हुआ था। उसका रोज़ का काम था, जब तक अख़बार का एक-एक शब्द चाट न ले उसको चैन नहीं मिलता। प्रिंट पत्रकारिता शायद कलुआ जैसे पाठकों की वजह से जिंदा है, वरना कब की मर चुकी होती। आख़िर अख़बार इतना कौन ही पढ़ता है।

कलुआ– 40 साल का एक साधारण मर्द था जो चश्मा लगाता था।

कलुआ का नाम कलुआ उसके रंग की वजह से था, और उसे इस बात का इल्म भी था। उसको कोई कलुआ की जगह उसका असली नाम कह दे तो वो घबरा जाता था। उसका असली नाम शायद ही किसी ने लिया हो। केवल उसकी बड़ी बहन ही उसे नरेंद्र बुलाती थी। जैसे ही ये नाम उसको सुनाई देता उसको लगता उसकी जीजी पुकार रही है। बस उसके परिवार में उसकी जीजी के अलावा कोई नहीं था। बस वो और जीजी।

वैसे भारत में रंगभेद, जातिवाद, नस्लवाद ऐसे आकस्मिक रूप से काम करते हैं कि कभी-कभी पता ही नहीं चलता कि उनका टौर क्या है। हम सब रंगभेद, जातिवाद, सांप्रदायिक और नारी विरोधी बातें जाने-अनजाने, धीरे से या चिल्ला कर करते रहते हैं। हम ऐसे ही हैं। आज के कुछ युवा हमें प्रोब्लेमैटिक कह कर कैन्सल कर देना चाहते हैं, वैसे उनकी बातें भी सही हैं पर फिर वही बात है कैन्सल करके हासिल क्या होगा, विचार और इंसान तो रहेंगे ही। बदलाव धीरे-धीरे, समानुभूति के भाव के साथ आता है।

"इस बार सरकार बदलेगी, देश को कोई मजबूत प्रधानमंत्री चाहिए जो अमेरिका को आँख दिखाए", कलुआ ने गंभीर स्वर में कहा।

पास में दो व्यक्ति और बैठे हुए थे जो कलुआ की बात को सुन रहे थे और लंबी संसदीय बहस के लिए तैयार हो रहे थे। कैसी होती है संसदीय बहस वैसे? संसदीय बहस का अर्थ होता है, कि भाषा शालीन हो, शब्द गंभीर और अर्थपूर्ण हों– हाँ, अगर कोई कटुआ, मुल्ला, और पंडा जैसे शब्दों का भावपूर्ण उपयोग करे, उसे भी लोग अनौपचारिक संसदीय बहस कह देते हैं और रही बात लात-घूँसे और कुर्सी फेंकने की, तो वो तो इंसानी भीड़ का गुणधर्म है।

सबसे पहले, मुँह से तंबाकू के बनाए जूस को थूकते हुए बनवारी लाल ने कहा-

"सही कह रहे हो कलुआ भाई, सरकार तो बदलनी चाहिए। आख़िर कब तक ऐसे ही रहेंगे, हमें विश्व गुरु बनना है उसके लिए कोई ख़तरनाक प्रधानमंत्री चाहिए जिससे अमेरिका थर-थर काँपे।"

फटी बनियान और काले रंग का पैंट जो लगभग तीन हफ्तों से न धुलने की वजह से कुछ भूरा हो गया था और बनियान से लेकर पैंट, लाल दंत मंजन के साक्ष्य बने हुए थे, में बैठे एक अधेड़ उम्र के व्यक्ति जिसका नाम श्रीपाल था और हजामत बनाने की दुकान चलाता था, ने चाय की चुस्की लेते हुए कहा, "भैया सरकार बदले न बदले, हमें तो कोई फायदा न है, सारे लुटेरे हैं।"

कलुआ के सामने कोई ऐसी बात करे, उसे पसंद नहीं था। वो चाहता था कि लोग राजनीति में रुचि लें ताकि वो राजनीतिक बुद्धिमता दिखा सके। ये साबित कर सके कि वो कितना बड़ा पंडित है और गहरी समझ रखता है।

"अरे आजकल ताकत का जमाना है, और संयुक्त राष्ट्र संघ में हमारी पहुँच बढ़ रही है। कोई ताकतवर प्रधानमंत्री आयेगा तो देश किसी भी शक्ति से घबराएगा नहीं। एक कमज़ोर प्रधानमंत्री से देश पर हमेशा ख़तरा मंडराता रहता है। तुम जैसे मूर्खों को ऐसी बातें समझ कहाँ आती हैं। रूस को देखो, वहाँ का प्रधानमंत्री कितना शक्तिशाली है। इसीलिए कहते हैं, कि कोई शक्तिशाली नेता आए, और चुनाव ही बंद करवा दे" कलुआ ने गंभीरता से कहा।

"देश को ख़तरा", वाक्य सुन एजेंट संतोष के कान खड़े हो गए, और बोले, "देश को सुरक्षित रखना मेरी ज़िम्मेदारी है" एजेंट संतोष ने ये वाक्य इस तरीक़े से कहा ताकि लोग शक न करें कि वो देश की सुरक्षा में तैनात जाँबाज़ सीक्रेट एजेंट हैं।

वहीं खड़ा विनोद– जो सरकारी स्कूल में शिक्षक और कलुआ का घनिष्ठ मित्र था, अपना गुटका बना रहा था। गुटका अपने मुँह में पूरा भरके बोला, "इस बकलोल को इलेक्शन बंद करवाना है!" और हँसने लगा।

अब बहस में संसदीय भाषा का प्रवाह हो गया था। और इसका रस लेने के लिए भी भीड़ जमा हो रही थी।

कलुआ ने भी जवाब दिया, "तू चूतिया है, पता नहीं किसने मास्टर बना दिया। रिज़र्वेशन ना होता तो गली-गली घूमता। कैसा मास्टर है बे तू जो गाली देता है? और थोड़ी अकल लगा, कोई मजबूत नेता 10-15 साल बिना चुनाव के प्रधानमंत्री रहता है तो देश कितना तरक्क़ी कर लेगा।"

कलुआ का बेरोज़गार होने का दु:ख बाहर आ रहा था, उसको लगता था कि विनोद उस से कम काबिलियत रखता है। पाँचवीं कक्षा में विनोद के कलुआ से कम नंबर आए थे, और यह बात कलुआ को हमेशा

याद रहती थी। भले ही विनोद ने 12वीं फर्स्ट डिवीजन से पास की हो और शिक्षक-प्रवेश परीक्षा भी पास कर ली हो, पर पाँचवीं में कम नंबर आने की याद कलुआ को यह महसूस कराती कि वह विनोद से कहीं ज़्यादा काबिल है।

विनोद ने इस बेतुकी बात का जवाब देना ज़रूरी नहीं समझा और गुटका चबाता रहा। गुटका खाने वालों की एक ख़ासियत होती है कि वे गंभीर बातों पर ही गुटका थूककर जवाब देना पसंद करते हैं। अगर बात छोटी-मोटी हो, तो "हूँ" या "हाँ" में उत्तर देकर सुलटा लेते हैं। इसलिए गुटका खाने वालों को साहित्य में असली मुक्तिबोध की औलाद मान लेना चाहिए, क्योंकि ये हिंदी काव्य की प्रयोगवादी धारा से उपजे समाज के युगीन चेहरे होते हैं।

कलुआ ने क्रोध में विनोद से कहा, "साँप सूँघ गया क्या खोपड़ीके, बोल?"

विनोद ने गुटका थूका और बोला, "लोकतंत्र में चुनाव बहुत ज़रूरी होता है। अब जनता कमज़ोर सरकार चुने या मजबूत, ये बात जनता पर छोड़ देनी चाहिए। तुम क्यों चौधरी बन रहे हो बे? बकलोली करनी है तो कोई अच्छी बात पर करो। बिना बात खुरपच्ची मत करो।"

विनोद जवाब देते हुए हँस रहा था। इतने में, श्रीपाल ने अपनी बगल खुजलाते हुए कलुआ से पूछा, "वो तो ठीक है, लेकिन कल के मैच का क्या हुआ?"

श्रीपाल के बात बदल देने से कलुआ और बौखला गया और बोलने लगा, "देश को तुम जैसे अनपढ़ों से ख़तरा है।"

एजेंट संतोष ने वक़्त की गंभीरता को भांप लिया और तुरंत अपनी क्रूर नज़रों से श्रीपाल को देखने लगे। वो अपने स्टॉल पर खड़े-खड़े, हर व्यक्ति की बात गंभीरता से सुनते थे। बात भी बहुत ज़रूरी थी, एजेंट

संतोष, कलुआ को देश की सेना का मुख्य व्यक्ति मानता था। वो मानते थे कि कलुआ कोई आम इंसान नहीं उसी के बॉस और सीक्रेट एजेंट ऑफिसर कलुआ हैं– और श्रीपाल उन्हीं की बात काट रहा था।

आज ऑफ़िसर कलुआ जो बात कह रहे हैं, उसमें शायद कोई मिशन के संकेत हैं। एजेंट संतोष ने तुरंत कलुआ के पास जाकर धीरेसे पूछा– "कलुआ भाई साहब, इन देश के दुश्मनों से कैसे बचा जाए?"

कलुआ को एजेंट संतोष के बात कहने का लहज़ा बहुत अजीब लगता था, बहुत आराम से, धीमी आवाज में कुछ कहकर वो चले जाते। वो नहीं चाहते थे कि कोई उनकी बात सुने।

पर चूंकि एजेंट संतोष कलुआ की बहुत इज़्ज़त करते थे, और कलुआ को गाँव में इतनी इज़्ज़त मिलती नहीं थी जितनी वो चाहता था। इसीलिए वो एजेंट संतोष से से ज़ोर-ज़ोर से बात करता, ताकि चाय की दुकान पर बैठे सभी लोग ये जान पाएँ कि कलुआ बहुत ही समझदार और जागरूक इंसान है।

कलुआ ने आँख उठाकर ज़ोर से कहा, "संतोष भाई, ये लोग जो देश की बुराई करते हैं– कहते हैं, ये ग़लत है वो ग़लत है और वोट नहीं देते। ये देश के लिए ख़तरा हैं, इनको देश से निकाल फेंकना होगा।"

कलुआ के बस इतना कहने भर की देरी थी कि एजेंट संतोष ने, सेना के इस बड़े अधिकारी की गहरी बात को डिकोड करना शुरू कर दिया। एजेंट संतोष ने गुटका और पान मसाला मिक्स किया और मुँह में भरकर, सोचने बैठ गए। "आख़िर कलुआ सर का मतलब क्या है, किन लोगों की बात कर रहे हैं। श्रीपाल जैसे लोगों की? क्या श्रीपाल देश के लिए ख़तरा है?"

एजेंट संतोष, श्रीपाल की तरफ़ देखे जा रहे थे।

श्रीपाल फटी बनियान में उंगली डाल तोंद खुजाए जा रहा था। विनोद ने कलुआ के कंधे पर हाथ डाले बैठकर, बहस के अंत का बिगुल बजा दिया था और आज का संसदीय सत्र समाप्त हो चुका था।

एजेंट संतोष को अब कोई फ़र्क़ नहीं पड़ रहा था कि कौन आ रहा है और कौन जा रहा है। जो उनसे चाय माँगता, वे चाय दे देते और अपने खयालों में खोए रहते।

थोड़ी देर बाद, जब श्रीपाल जाने लगा, तो उसने पाया कि एजेंट संतोष उसे एकटक घूर रहे थे। श्रीपाल ने दाएँ-बाएँ देखा, यह समझने की कोशिश में कि एजेंट संतोष उसे क्यों देख रहे थे। जब उसे कोई उत्तर नहीं मिला, तो वह एक शैतानी मुस्कान के साथ आगे बढ़ गया।

श्रीपाल, एजेंट संतोष को "शौक़िया" समझता था, और गाँव में किसी का "शौक़िया" होने का मतलब था समलैंगिक होना। जबतक आप इस शब्द, और इससे जुड़ी परिभाषाओं से दूर हैं तो आपकी पहचान कुछ भी हो आपको गाँव का समाज अपना लेगा। आपको लोग केवल शौक़िया ही समझेंगे। हाँ, बस आपको कुछ बातें माननी होंगी, जैसे आप शादी कर लें– एक दो बच्चे कर लें और लगे रहें अपने शौक़िया कामों में। पर अगर आप अपनी पहचान को लेकर समाज के समक्ष उनके बनाए मानदंडों से अलग रूप में आते हैं, तो समाज आपको मार देने तक से नहीं कतराएगा।

श्रीपाल, एजेंट संतोष से मन-ही-मन प्रेम करता था, लेकिन समाज का डर और उससे बड़ा एजेंट संतोष का अजीबोगरीब व्यवहार– श्रीपाल को अपने प्रेम को प्रकट करने का मौका ही नहीं मिला। एक वक़्त था, जब देश में आईपीसी की धारा 377 पर सर्वोच्च न्यायालय के फैसले को लेकर एजेंट संतोष की दुकान पर बहस चल रही थी। उस वक़्त, कलुआ समलैंगिकता को देश और समाज के लिए ख़तरा बता रहा था। उसी

बहस के दौरान, पहली बार श्रीपाल को अपनी पहचान पर आत्मविश्वास महसूस हुआ।

अगर तब एजेंट संतोष अपनी इन्हीं शकभरी निगाह का इस्तेमाल करते, जो आज कर रहे थे, तो शायद श्रीपाल उनकी चाय की दुकान पर ही अपने प्रेम का इज़हार कर देता।

लेकिन अब तो परिस्थितियाँ बदल चुकी थीं। एजेंट संतोष को लगने लगा था कि श्रीपाल देश के लिए ख़तरा है, और हो ना हो, किसी आतंकवादी गिरोह से ताल्लुक रखता है। उन्हें यह भी लगने लगा था कि इस गिरोह के बारे में पता लगाना उनका कर्तव्य है– कि यह गिरोह कौन-सा है और कहाँ से संचालित होता है।

अगले दिन, एजेंट संतोष जब श्रीपाल की दुकान पर हजामत बनवाने गए, तो श्रीपाल ने वही पिछले दिन वाली शैतानी मुस्कान ओढ़ ली। एजेंट संतोष मन ही मन बौखला गए।

"कहिए संतोष भाई, क्या सेवा करें?", श्रीपाल ने पूछा।

एजेंट संतोष ने मुँह दबाते हुए दाढ़ी पर हाथ फेरा और बोला, "दाढ़ी बना दो।"

श्रीपाल की हजामत बनाने की दुकान में प्रीतम और कासिम नाम के दो लड़के काम करते थे। श्रीपाल चाहता था कि संतोष की हजामत वही बनाए, परंतु तीन ग्राहक और इंतज़ार में बैठे थे। उसने तुरंत कासिम को हुक्म दिया, "संतोष भाई की हजामत अच्छी तरह से बनाओ, उसी से अच्छी चाय मिलेगी।"

कासिम और प्रीतम हँसने लगे। एजेंट संतोष को उस हँसी में कई गंभीर साजिशों की बू आ रही थी।

एजेंट संतोष की हजामत शुरू हो गई। जैसे-जैसे उस्तरा चलता, एजेंट संतोष के ख़याल उनकी नाई की दुकान में शहीद हो जाने तक पहुँच जाते। उन्हें दिखने लगता कि अख़बारों में बड़े-बड़े अक्षरों में छपा है, "एजेंट संतोष की मिशन पर ही कर दी गई हत्या, श्रीपाल नाई और उसके आतंकवादी संगठन ने ली ज़िम्मेदारी।" और उस अख़बार को ऑफ़िसर कलुआ थामे हुए हैं। उनके लिए 21 तोपों की सलामी देने की तैयारी हो रही है। कोने में खड़ी माँ रो रही है, और बैकग्राउंड में "चिट्ठी आई है, आई है चिट्ठी आई है" का गीत बज रहा है।

उन्हें लग रहा था कि आज श्रीपाल और उसका आतंकवादी संगठन उन्हें मार ही डालेगा।

कासिम की लंबी दाढ़ी और भूरी आँखें, संतोष को बार-बार ऑफ़िसर कलुआ की कही एक बहुत पुरानी बात याद दिलातीं, "आतंकवादी हमेशा मुस्लिम होते हैं।" हालाँकि, एजेंट संतोष, धर्म, समुदाय, जाति जैसे भेद को नहीं समझते थे। उनके लिए इंसान तीन तरह के होते हैं– पहले, जो सीक्रेट मिशन पर हैं, जैसे कि वे ख़ुद और ऑफ़िसर कलुआ। दूसरे, जिनसे देश को ख़तरा है और तीसरे, जो आम जन हैं।

फिर भी, कासिम में उन्हें कभी आतंकवादी होने के गुण नहीं दिखाई दिए थे। वह हमेशा मृदुभाषी, समझदार, और ज़िम्मेदार इंसान मालूम हुआ। हाँ, लेकिन वह गुटका नहीं खाता था, जो कासिम को उनसे अलग बनाता था।

"हो सकता है, कासिम, भी श्रीपाल के साथ मिलकर देश को नुकसान पहुँचाना चाहता हो। आज के वक़्त में किसी पर भी विश्वास नहीं किया जा सकता। ख़ासकर, जो गुटका नहीं खाता हो। जब कपिल देव से लेकर अमिताभ बच्चन तक गुटके के विज्ञापन में आते हैं, तब

कोई गुटका नहीं खाता, तो इसका मतलब है कि कोई न कोई बात ज़रूर है," एजेंट संतोष ने सोचा।

एजेंट संतोष को पहले लगता था कि कासिम भी देश का मुख्य खबरी है। न जाने कितने ही कोड एजेंट संतोष ने कासिम से लिए थे। वे उसके परिवार को भी जानते थे। कासिम के अब्बू भी एजेंट संतोष की दुकान पर कई बार चाय पीने आते थे और उनसे घंटों बातें करते थे।

पर आज कुछ अलग बात थी। आज कासिम के हाथ में उस्तरा था और एजेंट संतोष एक मिशन पर।

"कहीं कासिम भी आतंकवादी तो नहीं?" यह सवाल एजेंट संतोष के दिमाग़ में घूमने लगा। "कुछ न कुछ काला है। पर क्या काला है, यह समझ नहीं आ रहा।"

एजेंट संतोष को धीरे-धीरे यकीन होने लगा कि कासिम और प्रीतम, श्रीपाल के आतंकवादी संगठन के मुख्य सदस्य हैं।

जैसे-तैसे, एजेंट संतोष की हजामत पूरी हुई। तब तक वे पसीने से तर-बतर हो चुके थे।

कासिम ने पूछा, "आप ठीक तो हैं, जनाब?"

एजेंट संतोष ने बिना जवाब दिए श्रीपाल से कहा, "चाय में हिसाब कर लेना," और वहाँ से निकल गए।

जैसे ही एजेंट संतोष दुकान से निकले, उन्हें हँसी की आवाजें सुनाई दीं। उनका शक और गहराता चला गया।

यदि आपको कोई व्यक्ति पसंद नहीं है और वह पीठ पीछे हँस रहा है, तो आपको हमेशा लगता है कि वह आप पर ही हँस रहा है।

एजेंट संतोष जब अपनी दुकान खोलने पहुँचे तो हमेशा की तरह महफिल पहले से ही सजी हुई थी, कलुआ और उसके साथ तीन और लोग

देश की राजनीति का भविष्य तय कर रहे थे। पर आज एजेंट संतोष रोज से ज़्यादा गंभीर थे, आख़िर वो मौत के मुँह से वापस आए थे।

एजेंट संतोष आज "ऑफ़िसर कलुआ" को बताना चाहते थे कि उनका शक सही था। देश को आतंकवादी, श्रीपाल से बहुत बड़ा ख़तरा है और उसका गिरोह उसकी हजामत की दुकान से चल रहा है।

इतने में कलुआ की आवाज़ आई।

"संतोष भाई आज लेट दुकान खोली। सुना आप दाढ़ी बनवाने चले गए, उस मोटे नाई के यहाँ।"

एजेंट संतोष का ध्यान उस वक़्त चाय की उबाली पर था, उन्होंने बोला, "हाँ। सोचा इस देशद्रोही नाई के यहाँ देख कर आऊँ क्या करता है?"

"देशद्रोही?" कलुआ ने आश्चर्य से पूछा।

एजेंट संतोष एकदम घबरा गए कि उनके मुँह से क्या निकल गया। उनको एहसास ही नहीं हुआ कि ऐसी बातें ज़ोर से नहीं कही जाती। वो धीरे से "ऑफ़िसर कलुआ" के पास आए और बोले "कल आप ही तो कह रहे थे न कि देश को श्रीपाल जैसे लोगों से ख़तरा है" और "ऑफ़िसर कलुआ" ज़ोर से हँसने लगे। एजेंट संतोष को समझ नहीं आ रहा था इस हँसी का मतलब क्या है।

एजेंट संतोष वापस से चाय बनाने लगे और ऑफ़िसर की हँसी का मतलब डिकोड करने लगे। आख़िर ऑफ़िसर कलुआ क्यूँ हँसे? क्या मेरे काम से ऑफ़िसर कलुआ ख़ुश हैं? क्या कारण हो सकता है?

कलुआ अपनी धुन में मस्त अख़बार पढ़े जा रहा था, और उसके दोनों दोस्त बीड़ी पर बीड़ी फूँके जाएँ, और राजनीति के दर्शन के विभिन्न पहलुओं पर बातचीत करते जाएँ। जैसे कि–

कोई मंत्री कच्छा और गंजी में जनता से क्यूँ नहीं मिलता?

क्या प्रधानमंत्री का भी ड्राइविंग लाइसेंस बनता है?

दुश्मन से लोहा लेते रहें तो क्या उस लोहे को बेचकर हम देश की जीडीपी बढ़ा सकते हैं?

क्या संसद में किसी को पेशाब लग जाए तो जाने के लिए अध्यक्ष की मर्ज़ी लगती है?

क्या संसद में विधेयक पास होने के लिए 33 प्रतिशत नंबर चाहिए होते हैं?

कुछ देर के दोपहरी मौन के बाद, एक दोस्त ने बहुत गंभीर होकर कहा, "कलुआ भाई, क्या अंग्रेज़ों ने भारत को आज़ादी 100 सालों के लिए दी है बस?" और एक वीडियो दिखाने लगा। कलुआ ने भी उतना ही गंभीर होकर वीडियो देखा, जिसमें एक वक्ता पूरे आत्मविश्वास के साथ ऐसा कह रहा था। कलुआ को ये उसके ज्ञान पर प्रहार लगा, उसको पसंद नहीं था कि कोई उस से ज़्यादा ज्ञान होने का दावा ठोंके।

कलुआ ने थोड़ा सोचा और बोलने लगा, "हाँ हाँ, मैंने तो पहले ही अख़बार में पढ़ लिया था, पर हमारा देश इसको बढ़वा लेगा। तभी तो संयुक्त राष्ट्र संघ के सुरक्षा परिषद में भारत सदस्यता चाहता है।"

कलुआ के दूसरे दोस्त ने कहा, "ऐसे थोड़े होता है, कलुआ भाई, ये आदमी ग़लत भी तो हो सकता है। क्या प्रमाण है?" तो पहले दोस्त ने उसको चुप कराते हुए कहा कि, "कलुआ भाई पूरी राजनीति शास्त्र में बी.ए पास हैं, अगर वो कह रहे हैं तो सच ही होगा।"

इस बात से कलुआ भी परेशान था कि क्या उसने जल्दबाजी में कोई ग़लत बात तो नहीं मान ली है। क्योंकि कलुआ नहीं चाहता था कि कोई उसको अज्ञानी समझे, इसलिए झट से अपनी कोई ज्ञान की बात कह देना ज़रूरी मानता था। लेकिन अब कलुआ धर्मसंकट में था।

उसने तुरंत वहाँ से जाकर इस बात की पड़ताल के लिए निकल जाना सोचा, और कहने लगा, "मैं घर चलता हूँ आज काम है।"

एजेंट संतोष पहली बार ऐसा होते देख रहे थे कि ऑफ़िसर कलुआ उनकी दुकान बंद होने से पहले जा रहे हैं, उनको लगने लगा कि आज मिशन की एक महत्त्वपूर्ण तारीख़ है और ऑफ़िसर कलुआ को सैल्यूट देने लगे, कलुआ मुस्कुरा दिया।

कलुआ को सैल्यूट की अहमियत का शायद इल्म नहीं था, उसको वो बस एक उपहास ही मालूम हो रहा था। पर कलुआ की दुविधा इस वक़्त बहुत बड़ी थी– आख़िर उसको कैसे इस बात का पता नहीं कि भारत को आज़ादी पट्टे पर मिली है, और 100 वर्षों बाद शायद ये आज़ादी छिन जाए।

कलुआ हमेशा एजेंट संतोष के पास फ़्री की चाय पीता पर कभी भी किसी अपराध बोध में नहीं आया था। उसको लगता था कि उसके ज्ञान के बदले संतोष उसे चाय पिलाता है। पर आज उसको लगा कि उसके ज्ञान पर सवाल उठे हैं और इस भ्रम को दूर करना उनकी ज़िम्मेदारी है, इसलिए वो दोपहर में ही घर जा रहा था।

एजेंट संतोष के मन में कई सवाल थे। रात 10 बजे जब वो दुकान का ताला लगा रहे थे तो उनके मन में आया कि शायद मिशन, देश को आज़ादी दिलाना तो नहीं है? ये बात जैसे एजेंट संतोष के मन में एक अलख जगा गई। उनको समझ आ गया कि मिशन देश की आज़ादी ही है– वरना कलुआ क्यों कहता कि देश 99 साल के लीज़ पर है।

एजेंट संतोष घर की ओर बढ़ने लगे, वहीं श्रीपाल अपनी दुकान का ताला लगा रहा था। उसके दाहिनी ओर लाल टी-शर्ट में उसका छोटा भाई "एक्चुअली" खड़ा हुआ था, जिसका नामकरण एजेंट संतोष की दुकान पर ही हुआ था। यह तब की बात है जब कलुआ से बातचीत के

दौरान विमलेश (उसका असली नाम) ने अंग्रेज़ी का शब्द "एक्चुअली" का उपयोग करते हुए कलुआ को जवाब दे दिया था।

दरअसल, विमलेश पहली बार एजेंट संतोष की दुकान पर आया था, तब वह स्नातक कर रहा था। वहाँ उस पर सवालों की बरसात होने लगीं, जिनका उसने डटकर सामना किया। एक बार कलुआ ने उससे पूछा, "कंप्यूटर में जो उसका सॉफ़्टवेयर होता है, वह कैसा दिखता है और उसे कैसे खोलते हैं?"

विमलेश ने उत्तर दिया, "एक्चुअली, सॉफ़्टवेयर कंप्यूटर के अंदर होता है, उसे खोला नहीं जा सकता।"

यह सुनकर कलुआ को लगा कि विमलेश उसका मज़ाक़ उड़ा रहा है। क्रोध में कलुआ ने कहा, "आजकल के बच्चे पढ़ते-लिखते कुछ नहीं और मैकाले की औलाद बनकर 'एक्चुअली-एक्चुअली' करते रहते हैं। इसीलिए इनकी सरकारी नौकरी नहीं लगती और फिर सरकार को गाली देते रहते हैं।"

यहीं से बेचारा विमलेश, "एक्चुअली" बन गया। हालांकि, कलुआ उसे आज भी विमलेश ही पुकारता है, क्योंकि उसके लिए अंग्रेज़ी के ये शब्द सुने-सुनाए हैं, जिनका वह अपनी आम बोलचाल की भाषा में उपयोग करता रहता है। लेकिन जब कोई और ज्ञान का प्रदर्शन करता है, तो वह कलुआ का दुश्मन बन जाता है।

एजेंट संतोष के लिए एक बार फिर परिस्थिति बदल गई थी। जबसे यह बात सामने आई थी कि आज़ादी हमें पट्टे पर मिली है, एजेंट संतोष को श्रीपाल और उसका गिरोह आतंकवादी नहीं, बल्कि अंग्रेज़ों के चमचे लगने लगे। उन्हें लगने लगा कि श्रीपाल का एक भाई अंग्रेज़ी बोलता है और ऑफ़िसर कलुआ उसे पसंद नहीं करते, तो शायद ये लोग अंग्रेज़ों के समर्थक हो सकते हैं।

एजेंट संतोष ने अपनी छवि से विपरीत काम किया। उन्होंने विमलेश से कहा, "और, एक्चुअली भाई, क्या हाल-चाल?"

विमलेश थोड़ा चौंक गया, लेकिन मुस्कुराकर बोला, "बस भैया, सरकारी नौकरी की परीक्षा पास हो गई है। अब पोस्टिंग का इंतज़ार है।"

एजेंट संतोष ने तुरंत तारीफ़ की, "वाह भाई, सरकारी नौकरी लग गई!"

एजेंट संतोष आमतौर पर इस तरह किसी से बात नहीं करते थे। उनकी साधारण छवि एक शांत, मृदुभाषी और अंतर्मुखी इंसान की थी, जो राह चलते कम ही बात करना पसंद करते हैं।

एजेंट संतोष को लगने लगा कि विमलेश सरकार में घुसकर राज खोजेगा और श्रीपाल और उसके गिरोह को देगा। उन्होंने मन बना लिया कि कल इस बारे में ऑफ़िसर कलुआ को बताएँगे। पर उन्हें क्या पता था कि यह बात अब तक पूरे गाँव में उड़ चुकी थी कि श्रीपाल का भाई सरकारी अफ़सर बनने वाला है।

अगले दिन जब एजेंट संतोष ने अपनी दुकान खोली, तो पता चला कि ऑफ़िसर कलुआ नहीं आए हैं। जानकारी मिली कि उनकी तबीयत थोड़ी नासाज़ है। शाम को दुकान बंद करने के बाद, एजेंट संतोष ने कलुआ के घर जाने का फैसला किया।

"अरे संतोष भाई, कैसे आना हुआ?" कलुआ ने चकित होकर पूछा।

कलुआ के घर में वह और उसकी जीजी रहते थे।

"आपकी तबियत ख़राब है?" एजेंट संतोष ने पूछा।

जैसा कि पाठक जानते हैं, कलुआ की तबियत खराब नहीं थी। दरअसल, वह इस बात को हज़म नहीं कर पा रहा था कि उसे कैसे नहीं

पता चला कि देश को आज़ादी पट्टे पर मिली है। उसने दिनभर गूगल छान मारा। उसे कई लेख मिले जो इस बात को खारिज करते थे, पर कुछ ऐसे भी लेख थे जो ज़ोर देकर कहते थे कि आज़ादी तो पट्टे पर ही मिली है।

कलुआ के मन में यह विश्वास था कि सच्चाई को लोग छुपाने की कोशिश करते हैं। लेकिन सरकार इतनी बड़ी सच्चाई क्यों छुपाएगी? सरकार पर कलुआ का विश्वास प्रबल था। हालांकि, गहरी साजिश की खोज में वह उत्साहित भी था।

"थोड़ा पेट में दर्द था," कलुआ ने झूठ बोला।

कलुआ की जीजी चाय लेकर आईं और वहीं बैठ गईं। उन्होंने कहा, "तू तो दिनभर चाय पिलाता है, आज हमारे घर की चाय पी।"

एजेंट संतोष को यह आत्मीयता भरी बात काफ़ी अच्छी लगी। उन्हें हमेशा लगता था कि कलुआ की जीजी भी इस मिशन में कोई अहम किरदार हैं, पर उनसे मुलाक़ात नहीं हो पाती थी। आज जब वह मिल रही थीं, तो एजेंट संतोष बेहद ख़ुश थे।

एजेंट संतोष ने बिना देर किए ऑफ़िसर कलुआ को बताया, "देश का गद्दार श्रीपाल का भाई सरकारी अफ़सर लग गया है।"

श्रीपाल की जीजी ने इस बात को सुन कर कहा कि, “श्रीपाल के तो भाग्य खुल गए, पिछले महीने उसकी मम्मी लड्डू बाँट रही थी। हमारा नरेंद्र भी सरकारी ऑफ़िसर लगते-लगते रह गया। बड़ा होशियार था, पर किस्मत ख़राब थी।”

कलुआ अपनी खाट पर बैठे, भीत पर चिपकी छिपकली को देखे जा रहा था। उसने पाँच मिनट की चुप्पी के बाद कहा, “इसी बात से तो अघा रहा है श्रीपाल। सरकारी नौकरी लग गई विमलेश की, अब तो ख़ुश रहना चाहिए पर सरकार को गाली देता रहता है, कि भाई की छः

महीने से भर्ती नहीं आई, परेशान हूँ। अरे सरकार को नाऊ लोगों को नौकरी देने का ही काम थोड़ी है। भर्ती आ रही तब तक अपनी दुकान संभाले। बस हर दूसरे दिन रोता रहता है सरकार ये, सरकार वो। ये कोई बात हुई भला। सरकार को बहुत सारे काम होते हैं, पाकिस्तान हमेशा हमला करने को तैयार रहता है। पर ये बात इन गँवारों को थोड़ी समझ आयेगी?"

एजेंट संतोष की ये बात सुनकर मन गदगद हो गया। उसे समझ आ गया कि इस देश का जाँबाज़ सिपाही, देश की सुरक्षा में हमेशा खड़ा है, उन्होंने ऑफ़िसर कलुआ से पूछा, "तो हमें क्या करना चाहिए" इस सवाल का जवाब नहीं था कलुआ के पास, उसने कहा, "क्या ही कर सकते हैं, हमें पता लगाना होगा कि आने वाली सरकार पट्टे पर मिली आज़ादी को कैसे बढ़वाएगी, और आख़िर मीडिया इस सवाल से बेख़बर क्यूँ है?"

"और इन देशद्रोहियों और अंग्रेज़ों के चमचों का क्या करना है, अब तो श्रीपाल का भाई सरकार में घुसकर अंग्रेज़ों की मदद करना चाहता है?" एजेंट संतोष ने बहुत गंभीर होकर कहा।

इतना सुनकर ऑफ़िसर कलुआ हँसने लगा, "ये देशद्रोही तो जेल जाएँगे। एक बार अगर कोई ख़तरनाक प्रधानमंत्री आ गया और सरकार बदल गई, तो ये सब जेल में होंगे।"

एजेंट संतोष अब निश्चिंत थे। ऑफ़िसर कलुआ ने कह दिया था कि देश से गद्दारी करने वाले लोग जेल जाएँगे। लेकिन अब एजेंट संतोष को क्या करना चाहिए? उन्हें लगा कि अभी सबसे बेहतर होगा श्रीपाल और उसके गिरोह पर निगाह रखना।

जाते-जाते, एजेंट संतोष के मासूम मन ने ऑफ़िसर कलुआ से एक सवाल किया, "ख़तरनाक प्रधानमंत्री कौन होता है?"

कलुआ को अब ज्ञान बांटने का मौका मिल गया। उसने गर्व के साथ जवाब दिया, "एक ऐसा प्रधानमंत्री जिसकी पार्टी अकेले बहुमत में हो और जिसे किसी से समझौता न करना पड़े। जो अपने बल पर निर्णय ले, किसी दूसरी पार्टी की न सुने, विपक्ष और मीडिया को अपनी जेब में रखे। हमें तानाशाह की ज़रूरत है। इस देश में बहुत देशद्रोही हैं, उन पर नकेल कसने की ज़रूरत है। इस देश को बस एक ख़तरनाक तानाशाह ही संभाल सकता है।"

एजेंट संतोष भी जोश में आ गए और बोले, "बिलकुल सही कहते हैं आप, ऑफ़िसर कलुआ। हमें तानाशाह की ज़रूरत है।"

"ऑफ़िसर कलुआ", शब्द सुनकर कलुआ एकदम से सकपका गया। उसे लगा कि एजेंट संतोष उसका मज़ाक़ उड़ा रहा है। उसने गुस्से में कहा, "संतोष भाई, मज़ाक़ की भी हद होती है। अगर तुम्हें मेरी बात अच्छी नहीं लगी तो और बात है, पर ऐसे मेरा मज़ाक़ न उड़ाओ।"

एजेंट संतोष को उनके ऑफ़िसर का इस तरह गुस्सा हो जाना ठीक नहीं लगा। उन्होंने माफी माँगी और वहाँ से चले गए। जाते-जाते, संतोष सोचते रहे कि ऑफ़िसर कलुआ हमेशा एक जाँबाज़ सिपाही की तरह रहते हैं। वह अकेले में भी यह दिखाने नहीं देते कि वे देश के एक जाँबाज़ सिपाही हैं।

अगला दिन बहुत ख़ुशनुमा था। सुबह उठकर एजेंट संतोष अपनी दुकान पर निकल गए। उन्हें उम्मीद थी कि ऑफ़िसर कलुआ वापस आना शुरू कर देंगे, और वैसा ही हुआ। कलुआ अख़बार लेकर बैठा हुआ था, विनोद गुटका बना रहा था, बनवारी लाल उस गुटके में अपने हिस्से की बाट जोह रहा था, और श्रीपाल चोर निगाहों से एजेंट संतोष को देख रहा था।

विनोद ने अपने चिरपरिचित अंदाज में संसदीय बहस छेड़ी, "कल किस बकलोली में लगे थे तुम? मैंने सुना कि कोई कह रहा था, भारत को आज़ादी पट्टे पर मिली है? कौन कह रहा था ये? कलुआ खोपड़ीवाला?"

कलुआ ने भी जवाब देते हुए कहा, "देश की राजनीति के बारे में बात करना अब बकलोली हो गया है? तुम जैसे शहरी नक्सली देश के लिए ख़तरा हैं। तुम्हें ऐसी बातें कहाँ समझ आएँगी, अमेरिका के दलाल।"

विनोद ज़ोर से हँसने लगा और एजेंट संतोष की ओर मुड़कर बोला, "संतोष भाई, कलुआ भाई और मेरे लिए एक मस्त चाय बना दो यार।"

एजेंट संतोष चाय बनाने में लग गए। लेकिन अब उन्हें एक और व्यक्ति मिल गया जिस पर वह शक कर सकते थे।

थोड़ी देर रुककर कलुआ ने फिर कहा, "यही दिक्कत है इन जाहिल नीले गमछे वालों की। इन्हें आरक्षण से सबकुछ मिल जाता है, पर ये पचा नहीं पाते है।"

विनोद को अपने दोस्त की बात बुरी तो लगी, पर वह उसकी कुंठा समझता था। वह जानता था कि कलुआ दिल का बुरा नहीं है। बस, समाज ने उसे कुछ कुंठाएँ दे दी हैं, जिन्हें वह कभी-कभी दूसरों पर निकालता है। इसलिए, विनोद उसके तंज़ को कड़वे घूँट की तरह पी जाता।

"तू बस पागल है, पंडे।" तुम्हारी अकल घास चरने गई है। तुम्हारा हाल पता है क्या है? 'आता न जाता, चुनाव चिन्ह छाता', विनोद गुस्से में बोला।

बात को आगे बढ़ाते हुए विनोद ने कहा, "ये सब व्हाट्सएप पर फैली ग़लत खबरें हैं, जिनके झांसे में तुम और अब धीरे-धीरे सारा गाँव

आ रहा है। ऐसी खबरें बस देश के नागरिकों को गुमराह करने के लिए फैलाई जाती हैं। भारत को आज़ादी पूरी मिली है।"

इस बात पर कलुआ और बिगड़ गया। उसने जवाब दिया, "हो भी सकता है कि सरकार आम जनता को न बताना चाहती हो, ताकि जनता न डरे और तब तक भारत की लीज़ बढ़वा ले।"

विनोद के पास इस तर्क का उत्तर नहीं था। वो चुपचाप बैठा रहा। बाकी सब इस बात से सहमति जता रहे थे कि बात में सच्चाई हो सकती है कि आज़ादी, देश को पट्टे पर मिली हो।

शाम तक इस बात पर सर्व सहमति बन चुकी थी। यहाँ तक कि ये तय हो गया था कि गाँव वाले मिलकर कलेक्ट्रेट ऑफ़िस में ज्ञापन देंगे। क्योंकि ये बात सरकार तक पहुँचनी चाहिए कि फोकटिया गाँव के लोग कलुआ की अगुआई में कितने जागरूक हैं।

एजेंट संतोष को अपना काम भी धीरे-धीरे और बेहतर समझ आने लगा था। उन्हें अब दो व्यक्तियों पर नज़र रखनी थी– श्रीपाल और विनोद।

अगले कई दिनों तक एजेंट संतोष ने दोनों पर कड़ी नज़र रखी, लेकिन उनकी एक मजबूरी थी कि वह दुकान छोड़कर कहीं नहीं जा सकते थे। एजेंट संतोष अपने दुकान पर रहना भी अपनी देश सेवा का हिस्सा मानते थे। इसलिए, वह दुकान पर रहकर जितना हो सकता था, करते थे। जब श्रीपाल और विनोद चाय की दुकान पर आते, तो वह उन पर नज़र रखते और बीच-बीच में ऐसे सवाल पूछते जिनसे यह अंदाजा लग सके कि वे लोग क्या कर रहे हैं।

सवाल बस इतने ही होते, जैसे "और सुनाओ! श्रीपाल भाई" या "और सुनाओ! विनोद भाई।"

उत्तर भारत में "और सुनाओ" एक व्यापक सवाल है, जिसके लघु उत्तरीय और दीर्घ उत्तरीय दोनों तरह के जवाब हो सकते हैं। लेकिन अक्सर इस सवाल का जवाब "बस भाई", "बस यार", "चल रहा है" इत्यादि तक सीमित होता– हाँ अगर आप फ़ुर्सत में हैं ख़ासकर किसी चाय की दुकान में, तो फिर आप निश्चिंत रहें, इसका दीर्घ उत्तर होने की काफ़ी संभावनाएँ हैं।

महीनों की मेहनत के बाद एजेंट संतोष ने कई कोड जमा किये थे, उनको इस बात का पूरा अंदाजा था कि अब उनको मिशन की तैयारी करनी है क्योंकि अगर अब नहीं करेंगे तो कब करेंगे। पर मिशन क्या है इसका अंदाज़ा उनको ऑफ़िसर कलुआ से बात करके ही लगेगा।

एक दिन, जब कलुआ अख़बार पढ़ रहा था, एजेंट संतोष ने आकर पूछा, "मिशन क्या है, सर?"

कलुआ ने जवाब में सवाल किया, "मतलब?"

एजेंट संतोष ने मौन में खड़े होकर एक छिन्न-सा जवाब दिया। बात को आगे बढ़ाते हुए कलुआ बोला– "संतोष भाई, आप कभी-कभी ऐसे बात करते हो ना, तो मुझे बड़ा मज़ा आता है। क्या मिशन करना चाहते हैं आप?"

एजेंट संतोष मुस्कुराए और बोले, "सर, क्या ही कहें। इन देशद्रोहियों का कुछ करना होगा। मैं पिछले एक महीने से देख रहा हूँ कि ये लोग देश और सरकार को बस गाली देते हैं। श्रीपाल का भाई तो अब धरना प्रदर्शन करने लगा है। कहता है कि उसे नौकरी मिल गई, लेकिन सरकार भर्ती नहीं देती। और यह विनोद दिनभर सरकार को 'सवर्णों की सरकार' बोलता है। देश के साथ ये लोग ग़द्दारी करते हैं। हमें कुछ करना होगा।"

कलुआ ने एजेंट संतोष की बात की गंभीरता को जाना, और हँसी में कह दिया कि "ये लोग सरकार को गाली देते ही मरेंगे।"

एजेंट संतोष को कुछ बातें अब साफ़ दिखने लगी थीं। उन्हें एहसास हो गया था कि ऑफ़िसर कलुआ ने परोक्ष रूप से मिशन बता दिया था। अब एजेंट संतोष को दो देशद्रोहियों को मारना होगा। कैसे और कब, यह उन्हें तय करना था। लेकिन दिक्कत यह थी कि जिस आदमी ने आज तक मक्खी भी नहीं मारी, वह दो देशद्रोहियों को कैसे मारेगा?

फिर उनके मन में सवाल उठा– 'अगर अब मिशन पूरा नहीं किया, तो कब करेगा? और अगर वह असफल रहा, तो देश क्या सोचेगा? इतना सबकुछ मिलने के बाद भी वह देश के लिए बलिदान नहीं दे सका।'

एजेंट संतोष ने ठान लिया कि वो विनोद और श्रीपाल को ठिकाने लगाएँगे। इसके लिए उन्होंने योजना बनाई कि एक टिक्कड़ पार्टी की जाए (टिक्कड़ पार्टी से अभिप्राय ये है कि कुछ पुरुष मित्र किसी जगह मिलकर जायेंगे और वहाँ कुछ खाने के लिए दाल, और गोबर के उपलों पर सिकी मोटी-मोटी रोटियाँ बनाएँगे जो टिक्कड़ कहलाते हैं)। और उस टिक्कड़ पार्टी में इन दोनों के खाने में ज़हर डाल कर देश के दुश्मनों को ठिकाने लगा देंगे।

एजेंट संतोष ने ये विचार सार्वजनिक रूप से रखा कि वो टिक्कड़ पार्टी करना चाहते हैं, तो उनकी दुकान पर एक ख़ुशनुमा माहौल बन गया। लोग बोले कि ये तो बहुत ही बेहतरीन विचार लग रहा है। ये गाँव वालों के सामने देश के प्रति श्रद्धा को व्यक्त करने और एजेंट संतोष को उन्हें ख़ुश करने का अच्छा मौक़ा था।

पर इस सबसे पहले तय हुआ कि कलेक्टर ऑफ़िस में ज्ञापन दिया जाए। इसके लिए अगले ही दिन कलुआ की अगुवाई में गाँव के 15 लोग कलेक्टर ऑफ़िस चल दिए। सब जोश में थे, और ये बताना चाहते

थे कि गाँव वालों को पता चल गया है कि देश को आज़ादी पट्टे पर मिली है अब वो अंग्रेज़ों को देश से खदेड़ने के लिए प्रतिबद्ध हैं।

गाँव वालों का ये विद्रोह फिल्मी नहीं था। भारत के नवविद्रोहवाद से इतर, इस प्रोटेस्ट का हर विद्रोही जानता था कि उसे क्या चाहिए और उसे कैसे प्राप्त करना है। बस जलाना, और हिंसा करना गाँव वालों के मूल्य तंत्र से बाहर था अन्यथा वैसा कुछ भी हो सकता था।

यद्यपि ये ज़रूर था कि व्हाट्सप्प-वाद और भ्रामक ख़बरों का चक्रव्यू इस विद्रोह का जनक था। व्हाट्सप्प-वाद और भ्रामक ख़बर अक्सर किसी विद्रोह में मुख्य सहायक कारक की भूमिका में होते हैं पर यहाँ पूरी तरह से मुख्य विचारधारा व्हाट्सप्प-वाद ही थी।

गाँव वालों के पास कुछ बैनर्स थे। जिनका सच्चाई और फ़िल्मों से कोई वास्ता नहीं है और अगर इनमें कुछ भी सच लगता है तो बस संयोग मात्र है।

इन बैनर्स पर जो नारे लिखे थे वो हैं–

"देश को बढ़ाना है, पूर्ण स्वराज लाना है"

"इंकलाब ज़िंदाबाद"

"अंग्रेज़ों भारत छोड़ो"

"साईमन गो बैक"

"100 साल की नहीं, हमें चाहिए हमेशा की आज़ादी"

कलुआ, एजेंट संतोष और गाँव के मुखिया जी, सब कलेक्ट्रेट के बाहर खड़े होकर "इंकलाब जिंदाबाद" के नारे लगाने लगे। जैसे ही कलेक्टर साहिबा के कानों में यह आवाज़ पड़ी, उनके मन में दो ही ख्याल आए: या तो यह स्नातक की पढ़ाई कर रहे कुछ बौड़म विद्यार्थी हैं, जो कोई विचारधारा रटकर आ गए हैं, या फिर कोई उनके साथ मज़ाक़ कर रहा है।

जैसे ही कलेक्टर साहिबा बाहर आईं, उनके पैरों तले ज़मीन खिसक गई। भीड़ उनसे अंग्रेज़ों को भगाने की बात कह रही थी।

कलेक्टर साहिबा ने अपने प्रशिक्षण के दौरान सीखे गए कौशल को तुरंत अमल में लाया। उन्होंने भीड़ को शांत करने के लिए सहजता से पूछा, "आप क्या चाहते हैं?"

कलुआ ने अपना चश्मा ठीक करते हुए आगे बढ़कर एक बैनर दिखाया, जिस पर लिखा था:

"और कितना झूठ बोलोगे तुम हमसे, काले अंग्रेज़ों
तुम पकड़े जा चुके हो, गाँव वालों इनका भांडा फोड़ो
सुनो अंग्रेज़ों, अपना सामान बांधो और भारत छोड़ो"

कलुआ ने बैनर कलेक्टर साहिबा को दिखाते हुए कहा, "हमें सब कुछ पता चल गया है!"

कलेक्टर साहिबा ने रुमाल से अपना चेहरा पोंछा। शुरुआत में उन्होंने सोचा कि यह यूपीएससी परीक्षा में अंग्रेज़ी माध्यम के बच्चों को लाभ मिलने जैसी कोई बात हो सकती है। लेकिन जब किसी ने उन्हें बताया कि ये लोग अंग्रेज़ों से आज़ादी की माँग कर रहे हैं, तो वह अवाक रह गईं। जो भी उन्होंने आधुनिक भारत का इतिहास पढ़ा था, वह सब बेकार लगने लगा।

फिर, धैर्य रखते हुए कलेक्टर साहिबा ने कहा, "आपको कोई ग़लतफहमी हुई है। हम एक आज़ाद मुल्क हैं।"

"आज़ाद मुल्क?" एजेंट संतोष ने गुस्से से कहा, "मैडम, अब झूठ नहीं चलेगा। हमें पूरी आज़ादी चाहिए। सरकार से कहो कि अब वो देश को सच बता दे। हम बस 100 साल तक ही आज़ाद हैं!"

कलेक्टर साहिबा को पसीने छूटने लगे। उन्हें समझ नहीं आ रहा था कि क्या किया जाए। आख़िरकार उन्होंने भीड़ से कहा, "आप एक

पेज पर सभी गाँववासी अपनी माँगें लिख दें और उस ज्ञापन को मुझे दे दें। मैं देखूंगी कि क्या किया जा सकता है।"

गाँव वाले कलेक्टर साहिबा की बात से संतुष्ट हो गए। उन्हें लगा कि ज्ञापन लिखना समझदारी है। उन्होंने अपनी माँगों को एक पत्र में लिखकर कलेक्ट्रेट से विदा ली।

पत्र कुछ इस प्रकार था–

सेवा में,
कलेक्टर
जिला सहोरा, मध्य प्रदेश

विषय: ब्रिटिश शासन से पूर्ण स्वतंत्रता की तत्काल माँग

आदरणीय महोदया,

हमें आशा है कि यह पत्र आपको अच्छे स्वास्थ्य में मिलेगा। ये पत्र आपको ग्राम फोकटिया के निवासियों की ओर से लिखा जा रहा है, जो हाल ही में प्रकाश में आए एक गंभीर रहस्य से बहुत व्यथित और निराश हैं। यह हमारे ध्यान में आया है कि भारत की स्वतंत्रता, जिसे हम लंबे समय से ब्रिटिश शासन से पूर्ण और अपरिवर्तनीय स्वतंत्रता के रूप में मनाते आ रहे थे, वास्तव में, 100 साल के पट्टे के समझौते से बंधी हुई है।

इस ख़बर ने हम में अविश्वास पैदा किया, और निराश किया।

हम, ग्रामीणों ने (श्री नरेंद्र जी उर्फ कलुआ की अगुआई में) हमेशा इस विश्वास को संजोया है कि हमारा देश भारत, संप्रभु (गाँव वाले इस शब्द का मतलब नहीं समझते, केवल मैं समझता हूँ क्योंकि मैंने भी दो साल आईएएस की तैयारी

की थी) है और किसी भी बाहरी नियंत्रण से मुक्त है। दशकों से, हमारे दिलों में एक स्वतंत्र भारत में रहने के विचार से गर्मजोशी है, जहाँ हमारे अधिकार और स्वतंत्रता पूरी तरह से सुरक्षित और बरकरार हैं। हमारे पूर्वजों ने स्वतंत्रता के लिए बहादुरी से लड़ाई लड़ी, हमारे लिए स्वतंत्रता और सम्मान का भविष्य सुरक्षित करने के लिए अपने जीवन का बलिदान दिया।

यह सोचना कि यह स्वतंत्रता केवल एक समझौता हो सकती है, जिसे नवीनीकृत या फिर से बातचीत के अधीन किया जा सकता है, बेहद परेशान करने वाला है। (इस ख़बर की खोज मैंने उर्फ कलुआ ने कड़ी मेहनत से की)

हमारी समझ यह है जो हमने व्हाट्सप्प पर वितरित कई वीडियोज़ के आधार पर बनाई है (श्री कलुआ जी की अगुआई में) कि इस कथित लीज़ समझौते के अंतर्गत ब्रिटिश सरकार इस 100 साल की अवधि के अंत तक हमारे देश पर अभी भी किसी न किसी रूप में नियंत्रण या प्रभाव बनाए रखती है। ऐसी स्थिति अस्वीकार्य है और वास्तविक स्वतंत्रता के सिद्धांतों के विपरीत है जिसके लिए हमारे कई पूर्वजों ने अपने प्राणों की आहुति दी।

हम इस मामले की तत्काल सीबीआई जांच की माँग करते हैं। (मैंने वैसे इसकी गंभीर जांच कर ली है, मैं सीबीआई की पूरी मदद कर दूँगा।) हम आपसे इस दावे की सत्यता की पुष्टि करने और, यदि इसमें कोई सच्चाई है, तो इस अन्याय को दूर करने के लिए त्वरित कार्रवाई करने का आग्रह करते हैं। फोकटिया के लोग, देश भर के करोड़ों लोगों के साथ, पूर्ण स्वतंत्रता पाने के लिए एकजुट होने के लिए तैयार हैं। हम यह

सुनिश्चित करने में आपका समर्थन चाहते हैं कि हमारे देश को स्पष्ट रूप से एक स्वतंत्र और संप्रभु राज्य के रूप में मान्यता दी जाए, जिसमें कोई शर्त या छिपी हुई शर्तें न हों।

लोगों पर इस रहस्य के भावनात्मक और मनोवैज्ञानिक प्रभाव को नज़र-अंदाज़ नहीं किया जा सकता है। हमें नियंत्रित करने वाली संस्थाओं और हमारी स्वतंत्रता के लिए लड़ने वालों द्वारा किए गए बलिदानों पर हमारा भरोसा अब संदेह और अनिश्चितताओं से ग्रसित है। यह महत्त्वपूर्ण है कि हम इस मुद्दे को गंभीरता से संबोधित करके अपने नागरिकों और हमारे स्वतंत्रता आंदोलन की विरासत का विश्वास बहाल करें।

इसके अलावा, हम अनुरोध करते हैं कि देश के राष्ट्रपति हमारी स्वतंत्रता की प्रकृति और किए गए किसी भी समझौते के बारे में जनता को विस्तृत स्पष्टीकरण दें– इस बात को आप माननीय राष्ट्रपति जी तक पहुचाएँ।

हम इस ज्वलंत मुद्दे पर आपकी त्वरित प्रतिक्रिया और सकारात्मक कार्रवाई की आशा करते हैं।

सादर,

नरेंद्र जी उर्फ कलुआ

[गाँव का प्रमुख बुद्धिजीवी और इस ख़बर का खोजी]

[ग्राम फोकटिया]

फोकटिया गाँव के लोग अब वापस आ चुके थे। कलुआ ने अपने आप को उस गाँव का स्वघोषित नेता मान लिया था, और इस बात के ख़याल मात्र से कि उसकी वाकपटुता और विवेकशीलता ने इतने गंभीर मुद्दे को इतने आसानी से समझा, और गाँव वालों को एक गहरी अंतर्दृष्टि दी, वो मुस्कुराये जा रहा था।

कलुआ, बनवारी, श्रीपाल और बाकी सब भी इस वक़्त एजेंट संतोष की दुकान पर बैठे उसकी चाय का लुत्फ़ ले रहे थे और एजेंट संतोष तो बस टिक्कड़ पार्टी की तैयारी में लगे हुए।

एजेंट संतोष के लिए टिक्कड़ पार्टी एक बहुत बड़ा मिशन हो गया था, जब भी उस पार्टी के बारे में सोचते तो देश भक्ति के भाव से भर जाते, उनका पावन मन, देश सेवा में तैनात एक निडर सैनिक की तरह देश की सीमाओं पर पहुँच जाता और स्लो मोशन में सैंकड़ों पाकिस्तानी सैनिकों और आतंकवादियों को जो विनोद, श्रीपाल, कासिम और विमलेश की शक्ल के दिखते, उनको ढेर कर देता। वो अपने आप की कल्पना परिधियों में कुछ यूँ मंडराते कि चाय बनाते-बनाते कब उनके आँसू टप टप गिरने लगते, उनको अंदाज़ा न होता।

अपने आँसू पोंछकर एजेंट संतोष सबके लिए चाय ले जाते हुए टिक्कड़ पार्टी का जिक्र करते हैं।

“ये हुई ना बात संतोष भाई, आपकी टिक्कड़ पार्टी में तो मज़ा ही आ जाएगा”, श्रीपाल ने कहा।

“मज़ा तो तब आएगा जब मैं देश सेवा में तुम्हें ख़त्म कर दूँगा, तुम आतंकवादियों, और अंग्रेज़ों के गुलामों का वक़्त आ गया है”, एजेंट संतोष ने मन ही मन कहा। संतोष का अंतर्मुखी स्वभाव अब उफान पर था, उनके अंदर जो देश सेवा का जज़्बा था, वह उनकी नसों में फूट रहा था।

टिक्कड़ पार्टी की तारीख़ तय हो चुकी थी– परसों। एजेंट संतोष ने चूहे मारने की दवाई का इंतज़ाम भी कर लिया था, जिसका उपयोग वह इस मिशन में करने वाले थे।

पार्टी से एक दिन पहले सभी फिर से एजेंट संतोष की दुकान पर बैठे हुए थे, कलुआ के चेहरे पर एक अजीब तरह का सुकून था, एजेंट संतोष सबके जाने का इंतज़ार कर रहे थे। वो आज ऑफ़िसर कलुआ से अपने पूरे प्लान पर चर्चा कर लेना चाहते थे, बहुत हुआ सीक्रेट एजेंट होने का खेल, अब जब मिशन की बात है तो सब कुछ साफ़ होना चाहिए।

कलुआ अख़बार पढ़ रहा था। अख़बार में ख़बर छपी थी, "फोकटिया गाँव के लोगों ने दिया कलेक्टर को ज्ञापन, माँगी पूर्ण आज़ादी।"

ख़बर में अंदर लिखा था कि गाँव वासी किसी भ्रामक ख़बर के चंगुल में हैं। कलुआ इस ख़बर से एक दम से चकित सा हो गया कि "देश की मीडिया भी उनके साथ नहीं है" उसने कहा कि, "मीडिया भी बिक चुकी है, ये भी अंग्रेज़ों की भाषा बोल रहा है।"

एजेंट संतोष और बनवारी उनकी बातों से हामी ही भर रहे थे कि तनतनाते हुए विनोद आया।

"अरे बकरचोद, बंधूस आदमी। कहाँ लेकर गया था गाँव वालों को? तुम लोग सच में पागल हो गए हो क्या? पूरे देश में नाक कटा दी। अब तो सबकुछ समाचारों में आ रहा है।"

कलुआ भी जोश में तुलबुलाने लगा, "क्या आ रहा है?"

"दुनिया मज़ाक़ बना रही है, तुम जैसे लफंडूयों का, तुम गंडपकों को अकल कब आएगी समझ नहीं आता", विनोद ने कुछ गुस्से में कहा।

इतने में दो गाड़ियाँ आकर रुकीं। दिल्ली से आए पत्रकार इस दिलचस्प ख़बर से एक-दो हफ़्ते तक दर्शकों का मनोरंजन करने के लिए तैयार थे। वैसे भी अगर मौसम चुनावी न हो, तो टीवी पत्रकारों के पास कुछ ख़ास करने के लिए होता नहीं।

एक पत्रकार, पीला कुर्ता और सफ़ेद गमछा डाले हुए निकला, और एजेंट संतोष की दुकान में आकर चाय का ऑर्डर दिया। ऐसा कोई व्यक्ति गाँव में पहली बार आया था, इसलिए उसे सभी ने घेर लिया। दिल्ली, मुंबई से आया कोई भी व्यक्ति अगर ग्रामीण भारत में पहुँचे, तो जिज्ञासा तो जगाता ही है, और फिर अगर वह पत्रकार हो, तो बात और भी अलग हो जाती है।

पत्रकारिता का मुख्य गुणधर्म मनोरंजन होता है– ख़ासकर टीवी पत्रकारिता का।

बहरहाल, कोई भी चैनल जब ग्रामीण क्षेत्र या छोटे शहर की यात्रा करता है, तो चाय के नुक्कड़ों पर अजीब-सी तिकड़मबाजी करके लोगों का मनोरंजन करना अपना फ़र्ज़ मान लेता है। क्योंकि लोग भी यही चाहते हैं। कोई दिल्ली, मुंबई से आएगा और उनके दुःख-दर्द सुनेगा, इससे क्या ही हो जाएगा। लेकिन अगर वह कोई तिकड़म भिड़ाएँगे, तो शायद उनका नाम ज़्यादा हो जाए।

पत्रकारिता को गंभीर विषय केवल वे स्वतंत्र पत्रकार मानते हैं, जिन्हें पत्रकारिता से ज़्यादा कोई आर्थिक लाभ नहीं हो रहा, या वे पत्रकार जिनका जीवन केवल तनख़्वाह पर निर्भर है, और जो हास्य-विनोद से ज़्यादा परिचित नहीं होते। इसके अलावा, वे पत्रकार भी शामिल हैं जो केवल अंग्रेज़ी भाषा में पारंगत होते हैं और जिन्हें गरीबों को ग़रीब दिखाना, अन्याय की बात करना अच्छा लगता है, लेकिन ज़्यादातर समय वे दिल्ली में ही बैठे रहते हैं। जब कभी-कभार ये पत्रकार फील्ड में जाते हैं, तो 15-20 सोशल मीडिया पोस्ट और पर्सनल एसे लिखते

हैं, जो उनकी यात्रा और बहादुरी का प्रमाण होते हैं। इन लेखों को बड़े अखबारों और मीडिया चैनलों में प्रकाशित किया जाता है, और इसके लिए उन्हें पुरस्कार भी मिलते हैं।

इसके साथ ही, ऐसे पत्रकार भी पत्रकारिता को गंभीर विषय मानते हैं, जिनका चैनल बड़े उद्योगपति ख़रीद लेते हैं, और वे मजबूरी में बेरोज़गार होकर यूट्यूब पर अपनी पत्रकारिता जारी रखने की कोशिश करते हैं। या फिर वे, जो केवल अपनी सोशल मीडिया प्रोफाइल पर गंभीर मुद्दों पर नज़रिया पेश करते हैं। या फिर बॉलीवुड फिल्मों के लेखक, जिनको लगता है, कलम या पत्रकार के माइक में बहुत ताकत है। इसलिए दुनिया बदल देने की कुव्वत रखने वाले काल्पनिक चरित्र गढ़ते रहते हैं, या फिर वे पत्रकार जो लाइव टीवी पर गाली देने से कतराते नहीं। और आख़िरी प्रजाति वह है जो पत्रकारिता बस नौकरी के लिए कर रही है।

ख़ैर, दिल्ली से आए ये पत्रकार बाबू, पत्रकारिता को गंभीर चीज मानते हैं; इसका कारण क्या है, वह ख़ुद ही जानें। उन्होंने चाय पीते हुए गाँव वालों के विचार जानने की कोशिश की।

"आप लोगों को क्यों लगता है कि आज़ादी पट्टे पर मिली है?" पत्रकार बाबू ने पूछा।

"क्योंकि हमने इस पर गंभीर खोजबीन की है, पूरा गाँव मेरे नेतृत्व में दिन-रात इस ख़बर की खोज में लगा रहा है," कलुआ ने कहा, ताकि वह बाहर से आए इस परदेसी को बता सके कि वह किस ज्ञानी महात्मा के गाँव में आया है।

गमछाधारी पत्रकार जी को इस ख़बर में रोचक तत्व मिल चुके थे, और एक अजीब चरित्र, कलुआ के रूप में तो था ही, जिसके वीडियो के वायरल होने की संभावनाएँ बन रही थीं।

उसने माइक निकालकर भूमिका बनाना शुरू किया।

"देश को आज़ाद हुए 70 साल बीत चुके हैं। आज़ादी की लड़ाई में कई लोगों ने अपनी जान गँवाई। भगत सिंह, सुखदेव, राजगुरु जैसे वीर सूली पर चढ़ गए। गाँधी जी और नेहरू जैसे नेता अंत तक अंग्रेज़ों को खदेड़ने के लिए संघर्ष करते रहे। यह लड़ाई आसान नहीं थी। आज़ादी पाना आसान नहीं होता। क्या किसी उपनिवेशिक ताकत का गुलाम देश छोड़कर जाना ही आज़ादी है? क्या हम वास्तव में आज़ाद हैं? अगर हैं, तो कितने आज़ाद हैं? हम आज मौजूद हैं फोकटिया गाँव में, जहाँ के लोग इस बात पर संघर्ष कर रहे हैं कि देश को पूर्ण आज़ादी मिलनी चाहिए। ग्रामवासी जिस आज़ादी की माँग कर रहे हैं, वह कोई रुपक नहीं है। वह कोरी आज़ादी की माँग है। वे मानते हैं कि भारत आज भी अंग्रेज़ों का गुलाम है। सुनने में यह बचकाना लग सकता है, लेकिन यही सच है।"

किसी ने शायद ख़ूब कहा है कि व्हाट्सएप यूनिवर्सिटी का ज्ञान चारों दिशाओं में इस तरह व्यापक है कि आए दिन इसके प्रत्यक्ष व्यंग्यात्मक प्रकोप देखने को मिलते हैं। क्या यह योग विडंबना है? जानने के लिए हम सीधे चलते हैं नरेंद्र जी के पास, जिन्होंने अपने सहोरा जिले की कलेक्टर साहिबा को ज्ञापन दिया।

"बताइए नरेंद्र जी, क्यों लगता है?"

"क्यों लगता है? अरे, यही सच्चाई है, पूरे गाँव ने दिन-रात इसपर खोजबीन की, और उसी के बाद हम इस नतीजे पर पहुँचे। ये आपको कोई कोरी कल्पना लग सकती है, हमें नहीं। क्यों दोस्तों?" कलुआ ने बड़े उत्साह से अपने साथियों से हामी ली।

पत्रकार ने पुनः पूछा, "पर आपके सोर्स क्या थे, कहाँ से आपको ये ख़बर लगी? क्या कोई सरकारी दस्तावेज आपके हाथ लगा? क्या

आपने गृह मंत्रालय में कोई आरटीआई डाली थी? आपने कैसे इस खुफिया जानकारी का पता लगाया?"

"अरे भाई, हम अपने सोर्स नहीं बताते। पत्रकारिता में भी तो पढ़ते ही हो तुम लोग। और हमने आपके चैनल पर ही तो देखा था, एक बड़े प्रवक्ता टीवी पर कह रहे थे कि आज़ादी पट्टे पर मिली है। उनसे तो आपने नहीं पूछा कि उन्हें कहाँ से ख़बर लगी?" कलुआ ने बहुत आत्मविश्वास से कहा।

यह सब सुनते हुए, गमछा धारी पत्रकार आगे बढ़ा और बाकी गाँव वालों से बातें करने लगा, जिन्होंने कलुआ के सिखाए राग का आलाप किया।

गाँव में अगले दिन से पत्रकारों का आना-जाना लगा रहा। दिन-ब-दिन परिस्थितियाँ ख़राब हो रही थीं। दिन भर टीवी पर यही ख़बर चल रही थी कि फोकटिया गाँव को फ़ेक न्यूज़ ने हास्य का केंद्र बना दिया है।

एक पत्रकार ने तो हद ही कर दी, उसने कलुआ को 9 बजे की डिबेट में आमंत्रित कर दिया, बेचारा कलुआ इस बात से अनभिज्ञ था कि उसके साथ सलूक क्या होना है– उसकी जीजी ने उसके बियाह के लिए एक पीले रंग की शेरवानी सिलवाई थी। वो पहन कर वो कैमरे के सामने बैठा। वो बहुत उत्साहित था, बार-बार माइक पर आवाज़ चेक करता, अपनी कॉलर ठीक करता। जीजी से पूछता कि वो ठीक दिख रहा है कि नहीं। डिबेट की शुरुआत हास्य-विनोद से हुई जब एंकर ने ये कहा कि, "आपने फोकटिया गाँव को भारत के नक्शे पर स्थापित कर दिया। आपको क्यूँ लगता है सरकार झूठ बोल रही है?"

जबकि कलुआ अब तक इस सवाल से थक चुका था, फिर भी उसने कह दिया कि, "सरकार शायद आम जन को नहीं बताना

चाहती, क्योंकि ये लोगों में बिना फालतू का डर पैदा कर सकता है"– "इन्टरेस्टिंग" एंकर ने कहा।

पैनल में मौजूद एक रिटायर्ड आर्मी के ऑफ़िसर ने सम्मान के साथ कलुआ से कहा, "मैंने सुना है आप गाँव में सबसे पढ़े-लिखे हैं, आप ऐसी ख़बरों को प्रचारित करेंगे तो इसका प्रभाव क्या होगा? आप समझो।"

इस बात को बीच से ही काटते हुए एक पार्टी के प्रवक्ता ने कहा, "ये आदमी देश के लोगों को गुमराह कर रहा है, इस पर UAPA लगा देना चाहिए।"

एंकर ने पुनः कहा, "इन्टरेस्टिंग, मैं नरेंद्र जी के पास जाना चाहूँगा। नरेंद्र जी आप कुछ कहना चाहेंगे इस बारे में।"

कलुआ इस बात से बहुत घबरा गया। उसने माइक निकाल फैंका और दूसरे कमरे में आकर बैठ गया। उसके कानों में एंकर के शब्द ज़ोर-ज़ोर से गूँज रहे थे। उसको कुछ समझ नहीं आ रहा था। उसने अपना माथा पकड़ लिया, शेरवानी फाड़ दी। और फूट-फूट कर रोने लगा। उसके साथ ये क्या हो गया। उससे ये ग़लती कैसे हो गई। वो अब दुनिया को शक्ल दिखाने लायक भी नहीं बचा था। उसकी आँखों के सामने अंधेरा छाने लगा– वो पूरा पसीने में तर-बतर था।

कलुआ के सामने एक पतला कंबल रखा हुआ था। उसके दिमाग़ में कई विचार कौंध रहे थे, क्या इस कंबल को मोड़कर फंदा बनाया जा सकता है– 10 मिनट तक उस कंबल की ओर एक टक निगाह से देखने के बाद, कलुआ ने मन बनाया कि अब बहुत हुआ, जिंदा रहा तो बहुत फजीती होगी, लेकिन क्या इतनी-सी बात के लिए उसको मर जाना चाहिए? और उसने राहत की साँस ली। तब तक जीजी ने खाना लगा दिया था। जीजी की आवाज़ से जैसे वो एक नींद से निकला, और कमरे से निकला, खाने के लिए बाहर आया। उस से खाने का निवाला अंदर

नहीं जा रहा था। पर उसने जैसे-तैसे दो रोटियाँ खाईं। जीजी ने भांप लिया कि कलुआ बहुत दु:खी है, उसने दिलासा दिया, "देख नरेंद्र दुनिया कुछ भी बोले तूने अपने मन की करी। इस दुनियादारी से तू बच के रह मेरे बच्चे, तू ही इकलौता सहारा है मेरा। हम छोटे लोग हैं। दुनिया में और कोई नहीं है मेरा, मत सोच इतना।"

जीजी इतना कहकर बर्तन माँजने चली गई। कलुआ वहीं बैठा सोचता रहा कि अब क्या होगा? उसको जीजी की बात ने दिलासा तो दिया पर उसके मन में एक बोझ अभी भी था ही– लेकिन वो क्या करे? उसके समझ में नहीं आ रहा था।

वो रात, उसने आँगन में खाट डाले आसमान देखते हुए गुजारी। अगले दिन गाँव में एक सरकारी पैगाम आया।

प्रिय फोकटिया वासियों और श्रीमान कलुआ जी,

आशा है कि आप सभी स्वस्थ और ख़ुशहाल होंगे। मैं भारत सरकार की ओर से आपसे एक महत्त्वपूर्ण विषय पर बात करना चाहता हूँ। हाल ही में कुछ लोगों के बीच यह अफवाह फैलाई जा रही है कि हमारा देश भारत 1947 में स्वतंत्र नहीं हुआ था, बल्कि हमें 100 वर्षों की लीज़ (पट्टे) पर स्वतंत्रता दी गई है। इस ख़बर के कारण हिंसा की स्थिति भी पनप गई, यह पूरी तरह से ग़लत और भ्रामक जानकारी है।

भारत ने 15 अगस्त 1947 को ब्रिटिश शासन से पूरी तरह से पूर्ण स्वतंत्रता प्राप्त की थी। यह स्वतंत्रता हमारे महान स्वतंत्रता सेनानियों और लाखों देशवासियों के संघर्ष और बलिदान का परिणाम है। हमें किसी भी प्रकार की लीज़ पर स्वतंत्रता नहीं मिली थी, बल्कि यह हमारी स्थायी और पूर्ण स्वतंत्रता है। भारत एक संपूर्ण संप्रभु राष्ट्र है, जिसका शासन और संविधान पूरी तरह से भारतीय जनता के हाथों में है।

आपसे निवेदन है कि ऐसी अफवाहों और झूठी ख़बरों पर विश्वास न करें। यह अफवाहें आपको भ्रमित करने और समाज में अशांति फैलाने के उद्देश्य से फैलाई जा रही हैं। कृपया किसी भी जानकारी को सत्यापित किए बिना आगे न बढ़ाएँ, और इस प्रकार की ग़लतफहमी को फैलाने से बचें।अगर आपको किसी प्रकार की शंका है या इस बारे में अधिक जानकारी चाहिए, तो आप नज़दीकी सरकारी कार्यालय से संपर्क कर सकते हैं।

धन्यवाद।

सादर

भारत सरकार

कलुआ उस दिन एजेंट संतोष की दुकान पर नहीं पहुँचा था। लेकिन विनोद पहुँच गया था, कलुआ को वहाँ ना पाकर एजेंट संतोष को लेकर, उसी शाम वो कलुआ के घर पहुँचा।

“क्या रे खोपड़ पप्पू, क्यूँ इधर पड़ा है? आया नहीं चाय की दुकान?”

कलुआ ने कोई जवाब नहीं दिया। विनोद ने भाँप लिया कि कलुआ बहुत दुःखी है, उसने उसकी जीजी को बुलाया, “देखो जीजी इसको समझाओ ये ख़ुद को और गाँव वालों, दोनों को परेशान किये हुए था। ऐसे थोड़ी होता है कि आज़ादी किसी को पट्टे पर मिले– 70 साल से अधिक हो गए हमें आज़ाद हुए। इस बैल बुद्धि की समझ ही नहीं आता।”

जीजी ने कोई जवाब नहीं दिया, और बोली, “चाय पिएगा?”

विनोद ने कहा, “मैं अपना कप नहीं लाया जीजी।”

"तू पंडितों के बर्तनों में चाय नहीं पीता?", जीजी ने हँस कर कहा।

"अरे जीजी, क्या बात करती हो, पिलाओ मस्त चाय, जैसे हमारा संतोष पिलाता है", विनोद ने हँस कर कहा।

"यार फजीती हो गई", कलुआ ने लगभग रोते हुए कहा।

"देख कलुए, ज़िंदगी में ये सब लगा रहता है, और तू थोड़ा मादर... तो है ही। अब गाँड़ मत मरा। कल से चाय की दुकान पर आजा, तेरी बकलोली के बिना मन नहीं लगता।"

एजेंट संतोष के लिए फिर से परिस्थितियाँ बदल गईं। अब वो किस पर शक करे उसे समझ नहीं आ रहा था। उसने मौन तोड़ते हुए कहा, "कलुआ सर, आप देश सेवा में खड़े बहुत ही बहादुर सिपाही हैं– आपका मेरी चाय की दुकान पर आते रहना देश के लिए बहुत ज़रूरी है"।

कलुआ के लिए ये बातें नयी नहीं थी लेकिन विनोद के लिए थीं, विनोद बोला, "अरे बकरचोदों, क्या-क्या बकर करते रहते हो बे तुम लोग?" एजेंट संतोष को गुस्सा आ गया।

"तुम जैसे देश द्रोही नहीं समझेंगे।"

विनोद हँसते हुए ही बोला, "क्या नहीं समझेंगे कंधार नरेश?"

कलुआ भी उकता गया और बोल पड़ा, "आप कैसी बातें करते हैं कभी-कभी संतोष भाई। हम कोई सीक्रेट एजेंट थोड़े हैं, आप ऐसी बातें करते हैं जो किसी को समझ नहीं पड़तीं।"

एजेंट संतोष एक दम से डर गए, क्या उसने कुछ ग़लत बात कह दी थी? उसको कुछ समझ नहीं आया। उसने अपने आप को संभाला और टिक्कड़ पार्टी का जिक्र किया। "फिर कल टिक्कड़ पार्टी पर चलें?"

विनोद बोला "बिल्कुल भाई, हम ज़रूर आएँगे।" चाय पीके दोनों वहाँ से रवाना हो गए।

विनोद ने बात को संभाल लिया था, आख़िर कलुआ कितना भी मूर्ख हो, था उसका दोस्त ही।

विनोद ने एक अख़बार में एक बयान जारी करवाया कि गाँव वालों से कोई ग़लती हो गई है। जिसके लिए वो शर्मिंदा हैं– इसीलिए गाँव वालों को तंग ना किया जाए। गाँव वालों की सर्व सहमति से मीडिया वालों का गाँव में आना प्रतिबंधित हो गया।

आज टिक्कड़ पार्टी का दिन था, और गाँव के 10-15 सदस्यों की मित्र मंडली ने इसे ख़ास बनाने के लिए कमर कस ली थी। विनोद, बनवारी, श्रीपाल, कलुआ और बाकी सब लोग दिन भर पार्टी की तैयारियों में जुटे थे। कहीं आग जल रही थी, कहीं टिक्कड़ पकने की सुगंध हवा में फैल रही थी। पूरा माहौल धुआँ, हँसी और मज़ाक़ के चटकारों से गुलजार था।

लेकिन इस बीच, एजेंट संतोष के दिमाग़ में कुछ उलझनें चल रही थीं, "क्या कलुआ अपने मिशन को भूल गया है? क्या वह सिर्फ़ टिक्कड़ खाने आया है? क्या वह सच में ऑफ़िसर कलुआ ही है? क्या गाँव वालों ने ऑफ़िसर कलुआ को गायब करके उनके किसी हमशक्ल को बिठा दिया है?"

संतोष के पास चूहे मारने की दवाई भी थी। पर समस्या ये थी कि मिशन कब शुरू करना है, इसका कोई ठोस संकेत उन्हें नहीं मिल रहा था। संतोष बेचैनी में इधर-उधर टहल रहे थे कि तभी श्रीपाल ने आकर उनका ध्यान खींचा। "संतोष भाई, आप हमको ऐसी निगाह से देखते हो तो, हमारा मन मचलता है।"

एजेंट संतोष इस अजीबोग़रीब बात से थोड़ा उचट गए, और बोले, "क्या मचलता है भाई? तुम अंग्रेज़ों की दलाली छोड़ देते तो ये दिन देखना नहीं पड़ता। आज देश के दुश्मनों का नामों निशान मिटा दूँगा।" श्रीपाल थोड़ा सकपकाया, "दलाली! अरे भाई, हमने अंग्रेज़ों को मार-मार कर भगा दिया। अब हम अपनी टिक्कड़ पार्टी में हैं। दलाली-वाली छोड़ो, ये बताओ पीने का जुगाड़ किया है कि नहीं?"

एजेंट संतोष ने कोई जवाब नहीं दिया, और वहाँ से उठकर चले गए। उनको कुछ समझ नहीं आ रहा था। वो एक कोने में बैठे-बैठे चूहे मारने की दवाई का उचित उपयोग करने की योजना बना रहे थे। विनोद और बनवारी एक पेड़ के नीचे बैठकर टिक्कड़ की तारीफों के पुल बांध रहे थे।

"क्या टिक्कड़ बना है आज, मज़ा आ गया! गाँव की मिट्टी में कुछ ख़ास बात है," बनवारी ने कहा।

विनोद ने जवाब दिया, "भाई, ये कलुआ की मेहनत है, ये आदमी टिक्कड़ मास्टर है। अगर बकलोली ना करे और अपनी प्रतिभा को तरासे तो बहुत आगे जाएगा।"

कलुआ, जो पास ही खड़ा था, हँसते हुए बोला, "अरे भाई, टिक्कड़ बनाना भी एक कला है। जो सिर्फ़ मुझे ही अच्छी आती है, इसमें हाथ का हुनर चाहिए।"

विनोद की हँसी निकल गई, "बेटीचो..., ज्ञान बाँटते-बाँटते कभी नहीं थकता तू।"

श्रीपाल कुछ संशय के साथ आया।

"भाई लोगों मुझे संतोष जी कभी-कभी समझ नहीं आते, क्या चाहते हैं, क्या करके मानेंगे। अभी अपने प्यारे मुख से देश के ग़द्दारों को

मिटाने की बात कह रहे थे।" कलुआ भी इस बात से इत्तिफ़ाक़ रखता था। उसने कहा चलो उनसे ही पूछते हैं।

जब एजेंट संतोष से पूछा गया कि वो किन ग़द्दारों को मिटाने की बातें कर रहे हैं तो वो और सकपका गए, और कुछ इधर-उधर की बात करने लगे।

बात को रफ़ा-दफ़ा करके एजेंट संतोष ने मिशन संभाल लिया, उन्होंने सोचा कि ये लोग सभी ग़द्दार हैं सबके खाने में दवाई मिला देनी चाहिए, और जाकर सबके लिए बनी दाल में चूहे मारने की दवाई मिला दी। सबने तो खाई ही, दुनिया को शक ना हो इसलिए एजेंट संतोष ने ख़ुद भी खा ली।

दो दिन बाद आँख खुली तो ख़ुद को अस्पताल में एक बिस्तर पर लेटे हुए पाया। एजेंट संतोष ने आँखें इधर-उधर घुमाई तो देखा जिनको देश सेवा में मारने का प्लान बनाया था वो सभी पत्ते खेल रहे हैं। एजेंट संतोष रोने लगे– उनसे मिशन फेल हो गया था।

अब वो क्या करेंगे?

बेहतर है सुखदेव, राजगुरु, और भगत सिंह की तरह देश सेवा में ख़ुद को क़ुर्बान कर दें।

पर कैसे? ख़ुद की जान देके? फिर क्या था एजेंट संतोष छत पर गए और इंकलाब ज़िन्दाबाद का नारा लगाते-लगाते कूद गए, जिसका अर्थ उनको पता नहीं था लेकिन इस नारे ने उनकी अंतिम यात्रा का उनके लिए एक मतलब बनाया।

लेकिन अफ़सोस, उनकी किस्मत भी उनसे मज़ाक़ कर रही थी। सरकारी अस्पताल की दो मंज़िला इमारत से कूदने के बाद भी उन्हें बस टाँग में फ्रैक्चर और सर पर तीन टाँके ही लगे। देश के लिए शहीद होना एक सपना ही रह गया।

आत्महत्या के प्रयास के कारण उन्हें पाँच दिन मनोवैज्ञानिक की निगरानी में बिताने पड़े। पर मनोवैज्ञानिक भी देश-विरोधी निकला। उसने जाँच की और पाया, एजेंट संतोष को डिल्यूशनल डिसऑर्डर है। थेरेपी और दवाइयों की ज़रूरत बताई गई।

लेकिन घरवाले इलाज़ के नाम पर पीछे हट गए। उन्हें डर था अगर लोगों को पता चला कि संतोष का इलाज़ मानसिक रोग विशेषज्ञ कर रहा है, तो लोग उसे पागल समझेंगे।

घरवालों ने सोचा, "हम समझा-बुझा लेंगे। वरना शादी बियाह में दिक्कतें आयेंगी", और एजेंट संतोष फिर से अपनी काल्पनिक दुनिया में लौट गए।

आज उनका लिखा सुसाइड नोट हँसी-ठहाकों और चाय की चुस्कियों के बीच, उन्हीं की दुकान पर पढ़ा जाता है। और एजेंट संतोष? वे अपने मिशन को 'कोरी कल्पना' ठहराए जाने से कुंठित होकर गुटका बना रहे हैं।

"यह मेरा अंतिम मिशन है, एक ऐसा मिशन जिसे मुझे हमारे देश की सुरक्षा और सम्मान के लिए पूरा करना है। हो सकता है कि आपको यह पता न हो, लेकिन मैं वर्षों से एक सीक्रेट एजेंट के रूप में काम कर रहा हूँ। मैं आपको सब कुछ नहीं बता सकता, क्योंकि ये राष्ट्रीय सुरक्षा का मुद्दा है, बस इतना समझिए कि मैं जो करने जा रहा हूँ वह देश की व्यापक भलाई के लिए है।"

मैंने हमारी टिक्कड़ पार्टी में जमकर मिशन संभाला। ऑफ़िसर कलुआ भी देशद्रोहियों के साथ शामिल हो गए लेकिन मैं लड़ा– इस हद तक कि ख़ुद की भी जान कुर्बान कर दी।

मैंने ऐसी चीजें देखी हैं जो अधिकांश लोगों को अंदर तक हिला देंगी, लेकिन मैं मजबूत रहा, क्योंकि बड़े-बड़े नायक यही करते हैं,

आपने फिल्मों में भी देखा होगा। और अब, मेरे लिए अंतिम बलिदान देने का समय आ गया है। मेरा जीवन हमारे लोगों की सुरक्षा और स्वतंत्रता के लिए चुकाई जाने वाली एक बहुत ही छोटी सी कीमत है।

जब यह सब ख़त्म हो जाएगा, तो मैं बस एक ही बात माँगता हूँ– कृपया मुझे एक बहादुर सैनिक के रूप में याद रखें। मेरे पदक मेरी माँ को जाने चाहिए, क्योंकि उस माँ ने एक योद्धा को ना सिर्फ़ जन्म दिया बल्कि इस काबिल बनाया कि वो देश सेवा कर सके।

मुझे पता है कि मैं अंत में हीरो बनूंगा और हम अंग्रेज़ों से विजय पा लेंगे, वे भारत छोड़कर चले जाएंगे।

मेरे लिए रोना मत, मेरा जश्न मनाओ। मेरी कहानी यहीं ख़त्म नहीं होती; यह उस देश में जीवित है जिसके लिए मैंने लड़ाई लड़ी।

आप सभी का धन्यवाद।

एजेंट संतोष

■

नीत्शे की कुटाई

"किधर है नीत्शे?"

यह सवाल सुबह से नीत्शे के घर में गूँजता रहता। उसके पिता बोहरे जी, जिनका असली नाम लक्ष्मण नारायण शर्मा है, जो गाँव के पुजारी और ज्योतिषाचार्य हैं और जो सुबह-सुबह अपने बेटे के घर से भाग जाने से परेशान रहते हैं। उन्हें डर रहता है कि कहीं यह कोई नया बखेड़ा न खड़ा कर दे, लेकिन नीत्शे, पिताजी के सोने के बाद घर आ जाता और जागने से पहले निकल जाता।

नीत्शे,गली-गली घूम-घूम कर बीड़ियाँ ढूँढता रहता। उनको पीकर ख़ुश होता, और ग़लती से पापा दिख जाएँ तो भाग जाता। भूख लगती तो अपने ही घर में चोरों की तरह आता और रोटी और प्याज़ उठाकर भाग जाता।

नीत्शे अपने घर में सब्ज़ी नहीं खाता था। सब्जी तो केवल पापा के लिए बनती थी, दूसरों के खेतों से चुरा कर फूट, आम, खरबूजा– सब खाता। उसके पिताजी को कढ़ी-चावल बहुत पसंद है, जब भी माँ कढ़ी-चावल बनाती, वह उस वक़्त घर के आस-पास होता। माँ जानबूझकर कढ़ाई में कुछ छोड़ देती ताकि जब भी नीत्शे आए, खा जाए।

नीत्शे को उसका गाँव भी ख़ूब मानता था, इसलिए खाने-पीने की तो कोई कमी न होती। घर के बाहर उसने हर सब्ज़ी, हर पकवान चख लिया था। लेकिन नीत्शे के पिताजी का मानना था, इंसान को अपनी मेहनत का खाना चाहिए, फ़्री का खाने से आदमी निकम्मा हो जाता है, उन्होंने भी 18 वर्ष की उम्र तक कोई सब्ज़ी नहीं चखी तो उनके बच्चों को भी नहीं खाना चाहिए।

नीत्शे उनकी बात नहीं मानता था। नीत्शे को भी पता था, अगर उसने सब्ज़ी खाई और उसके पिताजी को पता चला तो फिर उसका क्या हश्र होना है– कुटाई। और पापा की कुटाई कितनी भयानक होती है, उसको इस बात का इल्म है।

वह पिछले तीन महीने से अपने पापा से नहीं मिला था। किसी भी मंदिर में सो जाता और हर कोई उसको बुला लेता, आख़िर था वह पूरा ज्ञानी– गीता, विष्णु पुराण, सुंदरकांड सब कंठस्थ थे। उसकी पूजा-विधि और ज्योतिष का ज्ञान दूर-दूर के गाँवों में प्रचलित था; 14 साल के बच्चे से क्या ही उम्मीद करेंगे? कुछ पुराने लोग तो उसे भगवान का अवतार तक कहते थे।

लेकिन नीत्शे चाहता क्या था? बस वह अपने पिता से नहीं मिलना चाहता था। उसमें अपने क्या मूल्य थे? उसको भी नहीं पता था शायद। उसने अपने अंदर किसी भी तरह की चेतन संवेदना और सामाजिक नैतिकता से ख़ुद को बचाए रखा था। उसकी मौलिकता ही उसकी नैतिकता थी। एक अक्खड़, अपने आप में मुग्ध एक अबोध बालक, नीत्शे बस एक आम बच्चा ही मालूम होता है, जो बोल-चाल की भाषा में शायद उद्दंड और अधिक चंचल ही कहा जाएगा।

नीत्शे के, नीत्शे होने की कहानी भी अजीब थी। एक बार उसके गाँव में एक नाटक मंडली आई और नीत्शे ने उनके समान में से एक नकली मूँछ ढूँढ़ ली, जिसने उसके छोटे से मुँह को पूरा ढ़क लिया। उसने

वो मूँछ किसी ऐसी गोंद से चिपका ली कि वो बस चिपकी रह गई। कई घंटों तक तो किसी ने उसे पहचाना ही नहीं। फिर जाकर जब लोगों ने ग़ौर से देखा तो समझे, यह उनका अपना केशव है जो कुछ दिनों में नीत्शे नाम से प्रचलित हुआ है। इस वृत्तांत से पहले नीत्शे को लोग केशव नाम से ही जानते थे।

पता नहीं कैसे अख़बारों में एक सनसनीख़ेज़ फ़ेक न्यूज़ छपी, "जर्मनी के दार्शनिक फ़ेड्रिक नीत्शे का हुआ पुनर्जन्म।" तब से लेकर नीत्शे, केशव से नीत्शे हो गया।

यद्यपि नीत्शे ख़ुद से जाकर किसी से भी इतनी बात करना पसंद नहीं करता था, लेकिन अभी वह गाँव के मंदिर के बाहर कुएँ के पास बैठे धाकड़ साहब जो गाँव के मुखिया हैं; उनसे बात कर रहा है।

कहता है– "इस वर्ष आप अपनी बिटिया का बियाह मत करिए, अच्छा योग नहीं है, उसको दसवीं की परीक्षा देने दीजिए।"

धाकड़ साहब ध्यान से उसकी बातें सुनते और कहते आपके पिताजी तो कहते थे कि पौष के बाद लगन का बढ़िया योग है और दसवीं करके क्या ही करेगी वह। अच्छा लड़का है, बढ़िया घर है, शादी हो जाएगी इस साल तो मुझे चैन मिलेगा। लड़कियों की शादी जल्दी कर देनी चाहिए, तुम अभी बच्चे हो, तुम नहीं समझते कि ज़माना कैसा है। जवान बेटी घर हो तो हमेशा डर लगा रहता है।

"तो मान लीजिए उनकी बात और कर लीजिए, फिर न कहना कि शादी में कोई विघ्न आया।"

धाकड़ साहब थोड़े परेशान हो उठे, बोहरे जी को पाँच हज़ार दिए, तब उन्होंने हवन किया और बोला कि अब लगन का उचित योग है और नीत्शे कहता है कि योग नहीं है? ये कैसा धर्मसंकट है?

"पैसे और हवन से भगवान ख़ुश नहीं होते धाकड़ साहब, फिर तो सारे पापी मंदिर में दान करते जाएँगे और पुण्य कमाते जाएँगे।" नीत्शे थोड़ा समझाते हुए बोला।

"तो आप क्या चाहते हैं? हम आपके पिताजी की बात न मानें?" धाकड़ साहब थोड़ा संशय में बोले।

"जी आप जो चाहें वो करें, हम तो कुछ कह ही नहीं रहे।" नीत्शे झिड़क कर बोला।

नीत्शे की कहने भर की देर थी बस, किस की मज़ाल जो उसकी बात टाल दे, उसने पिछले बरस पूरे गाँव को बोला था– टमाटर मत लगाओ कौड़ियों के भाव बिकेंगे और वही हुआ। कुछ लोग मानते थे कि नीत्शे के पास कोई दैवीय शक्ति है, लेकिन नीत्शे को उस से कोई फ़र्क़ नहीं पड़ता था, कि उसके पास क्या है क्या नहीं। उसको बस अपने आप से मतलब है, खाने को समय पर खाना मिल जाए और पीने को बीड़ी।

नीत्शे को पता था कि धाकड़ साहब उनकी बेटी की शादी इसलिए करना चाहते थे क्योंकि वो सामने वाले हाकम-धाकड़ के बेटे अंकुर से प्रेम करती है और धाकड़ साहब को यह बात पसंद नहीं। वह इसी गाँव में अपनी बेटी को बियाहना नहीं चाहते। वह अपनी बेटी के लिए कोई शहर का लड़का ढूँढ़ लाए हैं, उसी से वह अपनी बेटी की शादी करना चाहते हैं।

भले लड़का जात बिरादरी का क्यूँ ना हो, लड़की अपनी मर्ज़ी से बियाह करे तो परिवार अक्सर डर जाता है, अपनी परवरिश पर संदेह करने लगता है। आख़िर ऐसा कैसे हो सकता है कि कोई लड़की अपनी मर्ज़ी से अपना पति ढूँढ़ ले? लड़की की मर्ज़ी पर पहला हक़ उसके परिवार और माँ-बाप का होता है और शादी के बाद उसके पति और सास-ससुर का।

नीत्शे को उन दोनों से कोई भावनात्मक सहानुभूति नहीं है। बस क्योंकि अंकुर ने उसे एक बीड़ी का पूरा बंडल दिया था, जो उसने गुड़ के साथ चाव से पिया, नीत्शे उसका कर्ज़ उतारना चाहता था, नीत्शे अपने उसूलों का पक्का था। उसको लगा शादी टलवाकर अपना फ़र्ज़ अदा किया है, इससे दोनों को अपनी ज़िंदगी में निर्णय लेने का वक़्त मिलेगा। बाक़ी किसी और बात की नीत्शे परवाह नहीं करता था।

कुएँ के पास से नीत्शे उठकर जब हरिया काका की दुकान पर पहुँचा तो उसको लोगों ने घेर लिया, बोलें क्या पंडित जी, धाकड़ साहब की बेटी के विवाह के योग नहीं? यह बात कुछ ही वक़्त के अंतराल में यहाँ कैसे पहुँची, ये समझ से परे था, पर बात का फैलना किसी भी गाँव में एक बहुत आम बात है।

"पंडित जी किसको बोलते हो?", नीत्शे ग़ुस्से में बोला।

"आपको?", एक मूँछ वाला व्यक्ति हँसते हुए बोला।

"हम पंडित नहीं हैं, वह तो हमारे पिताजी हैं, हम नीत्शे हैं, एक हाड़-माँस के बने इंसान, तुम्हें दिखते नहीं।"

"तो यज्ञों का ज्ञान, सुंदरकांड, पूजा-पाठ ये कैसे आया, ये सब तो पंडित ही करते हैं।"

"जो मानना है मान लो, हमें क्या!" नीत्शे ने हँस कर कहा। आगे कहा, "हम तो मानते हैं, भगवान मर चुके हैं, वह ज़िंदा हैं ही नहीं, और हमारे ही हाथों उनकी हत्या हुई है, अब बस उनकी छाया है।"

"हमने हत्या कर दी? भगवान को हम कैसे मार सकते हैं भला, वह तो सर्व शक्तिमान है", उसी मूँछ वाले व्यक्ति ने आश्चर्य से कहा।

"हाँ! भगवान मर चुका है और हम सभी हत्यारे हैं। अब सोचो बिना भगवान हम कैसे रहेंगे? हमारे पास अब तक जो कुछ भी था, वह

सबसे पवित्र और शक्तिशाली था; भगवान के मरने के बाद वह हमारे हथियारों के तले लहूलुहान हो गए। हमारे ख़ून से सने हाथ कौन साफ़ करेगा? हमारे पास ख़ुद को साफ़ करने के लिए कौन-सा पानी, साबुन या सर्फ़ है?"

हरिया काका बोले, "ऐसे न कहो नीत्शे बेटा, गाँव आप पर काफ़ी विश्वास करता है और ऐसे ज्ञान की बातें तो कोई पंडित ही कर सकता है। आप हमें भगवान का हत्यारा क्यूँ कहते हो?"

"बीड़ी दो तो बताऊँ", नीत्शे एक शैतानी हँसी ओढ़ के बोला।

"आप 14 साल के हैं, आप बीड़ी पियोगे तो जल्दी मर जाओगे, बच्चों को धूम्रपान नहीं करना चाहिए" हरिया काका बोले।

"तो मैं क्या करूँ, जवाब जानना है तो बीड़ी दो", नीत्शे कुछ गुस्से में बोला।

वहीं खड़े शंभू ने अपनी एक बीड़ी जला कर नीत्शे को दी।

और फिर नीत्शे बोला, "हम जिस समाज में रहते हैं और जैसा हमारा विश्वास है उसके अनुसार; हमारा भगवान के बिना कोई अस्तित्व नहीं, तभी लोग उससे डरते हैं। अगर मैं कह दूँ कि भगवान नहीं होता तो सब पाप की राह चल देंगे। हर इंसान में एक हैवान छुपा है। ऐसा क्यूँ है? आप अच्छे इंसान भगवान के डर से क्यूँ बनना चाहते हो? क्या आप ऐसे ही अच्छे इंसान नहीं बन सकते?"

"भगवान की हत्या हमने कर दी है, इससे मेरा मतलब यही है कि हमने भगवान को मंदिरों, रीतियों में, रिवाजों में बांध दिया है, और हम उसके रक्षक बन गए हैं। ये सब उस सर्व शक्तिमान की हत्या नहीं तो क्या है? हम उसको अपने स्वार्थ के लिए, बस एक डर से पूजते हैं और उसके नाम पर हिंसा करते हैं। ये नफ़रत, ये द्वेष कहाँ से आया? क्यूँ हम हिंसा प्रधान होते जा रहे हैं? और रही बात पंडित की तो, भगवान

श्री कृष्ण कहते हैं; शम, दम, करुणा, प्रेम, शील (चारित्यवान), निस्पृही जैसे गुणों का स्वामी ही ब्राह्मण है, और हमको लगता है कि आप हमारे पिताजी को भी ग़लत ही ब्राह्मण मानते हो। क्योंकि उनमें ये गुण तो हमें नहीं दिखते और हम तो ठहरे एक बीड़ीबाज़।" सारे लोग ताली बजाने लगे और नीत्शे अपनी बीड़ी पीने लगा।

हरिया काका थोड़े सोच कर बोले, तो ब्राह्मण तो कोई है ही नहीं ऐसे इस गाँव में? यह तो कोई बात नहीं हुई।

"आप जो मानना चाहें मान लें, न मानना चाहें न मानें। भगवान आपके विश्वास और आस्था से कोई मतलब नहीं रखता। हाँ! अगर आप में कोई आस्था है तो वह शुद्ध होनी चाहिए, सारे स्वार्थों से परे। आप केवल भौतिक सुख की चाह या पाप के डर से भगवान की भक्ति करेंगे तो इससे बेहतर होगा कि आप सिर्फ़ भोगी रहें और कर्म करते रहें।" नीत्शे ने झिड़की में कहा।

इतनी भीड़ के बीच नीत्शे का ध्यान नहीं गया कि उसके पिताजी भी उस भीड़ का हिस्सा हैं। जब वह उसके पास बढ़े तो नीत्शे ने अपनी बीड़ी फेंक दी और कान हाथों से ढाँककर बोला ये लोग मुझे ज़बरदस्ती बीड़ी पिला रहे हैं, मैं बीड़ी नहीं पीता, जैसे पिताजी उसके इस मासूम जवाब से शांत हो जाएँगे और उससे कुछ नहीं कहेंगे, बल्कि लोगों को डाँटेंगे कि आप मेरे बच्चे को क्या सिखा रहे हैं।

उन्होंने एक लट्ठ उठाया और नीत्शे को कूटने लगे, "धर्मग्रथों का ज्ञान नहीं दुनिया को अनर्गल सिखाता रहता है– पापी, निर्लज्ज, कैसी औलाद है तू?" लोग उनको रोकने की कोशिश करते रहे लेकिन वह रुके नहीं।

बहुत कूटने के बाद जब पिताजी उसको ले जाने लगे तो नीत्शे रोने लगा, बोला; "ऐसे ही आप पंडित कहलाए, क्यूँ कहलवाते हो अपने

आप को पंडित? क्या यही आपका ज्ञान है? इंसानियत नाम की चीज़ नहीं, ऐसे कौन अपने बच्चे को मारता है!”

उसके पिताजी बोले, “पहले तू चल धाकड़ साहब के पास, उनसे जाके बोल कि तूने उनको अनर्गल कुछ भी बक दिया। ऐसे अपने बाप का अपमान कौन करता है, तू पूत नहीं कपूत है, तू कंस है।”

इस बात पर नीत्शे ने कहा, “यह तो हम नहीं कहेंगे, अनर्गल तो आप बक रहे हैं, उनकी बेटी का बियाह का योग नहीं है इस वर्ष। तो हम झूठ क्यूँ बोलें।”

बोहरे जी ने एक और थप्पड़ नीत्शे को दे मारा और बोले, “मैंने उनको बियाह का उत्तम योग बताया है, पिछले 30 सालों से कर रहा हूँ, अपने पिताजी से सीखा, तूने दो बातें मुझसे और अपने दादा से क्या सीख लीं तो प्रकांड पंडित हो गया? ऐसे कैसे योग नहीं है? देव उठ गए हैं शादियों का सीजन आ गया, तू बकता है कि योग नहीं है?”

“मैं कोई पंडित नहीं, मैं यथार्थ कहता हूँ और यथार्थ यही है कि उनकी बेटी का इस वर्ष बियाह का योग नहीं, उसकी दसवीं की परीक्षा हैं। आप नए ज़माने में जीते हो, उसको परीक्षा देने दो, और मुझे बीड़ी पीने दो।”

इस बात पर बोहरे जी और ग़ुस्से में आ गए, कि नीत्शे ने उन्हीं के सामने बीड़ी पीने की ज़ुरत कैसे की, उन्होंने उसे ज़ोर से धक्का मारा और बोले– “तू इंसान नहीं दैत्य है, रावण का वंशज, साले मेरे घर में कैसे जन्मा, तुझे यह गाँव सम्मान देता है तो उस सम्मान की कद्र कर, यूँ बीड़ी पीते नसेड़ियों की तरह घूमेगा तो कोई नहीं पूछेगा तुझे, थोड़ा इंसान बन। तू सही कहता है तू पंडित नहीं है, पंडित होता तो थोड़ा ज्ञान होता, ज्ञान के आड़ में बहुत गहन अंधकार न होता, आज से मेरे घर में क़दम मत रखना वरना टाँगे तोड़ दूँगा।”

भीड़ बोहरे जी को समझाने लगी और नीत्शे अपनी बीड़ी फेंक, जेब में रखे गुड़ की भेली को खाने लगा।

"आप इतना क्यों मार रहे हैं इस बच्चे को? आपका बेटा नटखट है, लेकिन आप भी जानते हैं कि नीत्शे की कही बात कई दफ़े एकदम सच होती है। आप इसके ज्ञान का अपमान कर रहे हैं। सारा गाँव नीत्शे की बात मानता है। और यह बात सरपंच साहब पर छोड़ दो कि उनको अपनी बेटी की शादी कब करनी है, वैसे भी उनकी बेटी इसी वर्ष 18 की हुई है, इतनी भी क्या जल्दी? और एक वर्ष में क्या ही हो जाएगा?"

बोहरे जी ने दु:खी स्वर में अपना तर्क रखा, "भाई लोगों मुझे तो बल्कि ख़ुशी होगी अगर यह ज्योतिष के अनुसार सही चीज़ें बताए, नीत्शे का ज्योतिष का ज्ञान कुछ नहीं, दो चार मंत्र याद होने से कोई ज्ञानी थोड़ी हो जाता है, यह मेरा नाम डुबाने पर तुला है, यह नास्तिक है, इसकी भगवान पर कोई आस्था नहीं, तभी तो नीत्शे कहलाया। इसका नाम ही एक ऐसे विद्वान के नाम पर है जिसने भगवान की सत्ता को ठुकराया। कोई इसका असली नाम नहीं लेता, क्यूँ? इसका नाम तो केशव है ना? एक बार एक शहर का कोई अनजान आदमी इसको नीत्शे क्या बोल गया, सब इसको नीत्शे ही बोलते हैं। यह पश्चिम से आया, अज्ञानी और अहँकारी, किसी असुर का अवतार है।"

हरिया काका क्रोधित हो गए, बोले, "वो तो मज़ाक़ करता है, आख़िर कोई जिसको वेद, शास्त्रों का ज्ञान हो वो बिना आस्था कैसे होगा और है तो बच्चा ही। बोल दिया मज़ाक़ में तो नास्तिक थोड़े हो गया? बोहरे जी आप तो कम-से-कम बच्चों की भाषा मत कहिए और आप अपने ही बच्चे को असुर का अवतार कह रहे हैं, आपको ज़रा भी अहसास है इस बात का?"

बोहरे जी बोले, "वही तो मैं कह रहा हूँ, है तो बच्चा ही, तो लोग इसकी बात क्यों मानते हैं, मेरी क्यों नहीं? असुर का अवतार कहना तो

मेरे क्रोध में निकले शब्द हैं। पर गाँव वालों को भी समझना होगा, कि नीत्शे केवल एक बच्चा है।"

अब बात बोहरे जी के आत्मसम्मान पर आ गई, आख़िर इतने वर्षों से जो काम कर रहे थे वह अब उन्हीं के बेटे के कारनामों की वजह से चुनौती पा रहा था।

धाकड़ साहब को बुलाया गया, उनसे पूछा गया कि वह क्या चाहते हैं? धाकड़ साहब दुविधा में थे, और बोहरे जी इस चिंता में कि कहीं वह उनके दिए पाँच हज़ार न माँग लें, आख़िर उनकी रोज़ी, लोगों को मूहूर्त बताने और उनको पूजा विधान में मदद करने से ही चलती है।

धाकड़ साहब थोड़ा सोचकर बोले कि, "हम सोच रहे हैं कि गुड़िया की दसवीं की परीक्षा के बाद ही उसका बियाह करें, एक वर्ष में क्या ही फ़र्क़ पड़ जाएगा। और नीत्शे कह रहे हैं तो उन्होंने कुछ सोच-समझ के ही कहा होगा। उनकी बात हम कैसे टाल सकते हैं, इस बहाने गुड़िया की पढ़ाई भी हो जाएगी और उसकी उम्र भी पक्की हो जाएगी।"

बोहरे जी ग़ुस्से में आ गए और कान पकड़कर नीत्शे को वहाँ से ले गए और नीत्शे बेचारा रोए जाए।

घर पर जब नीत्शे की माँ ने बाप और बेटे को एक साथ देखा तो हक्का-बक्का रह गई, वह समझ तो गई थी कि आज नीत्शे की कुटाई हुई है, लेकिन सिर्फ़ इतना ही बोल सकी कि, "बेटा तू ठीक है?"

"कारनामे देखो अपने सपूत के, बाप की रोज़ी छीनने पर तुला हुआ है, पता नहीं किस असुर को जना है हमने", पिता ने ग़ुस्से में कहा।

"क्यूँ करता है तू अपने पिताजी को परेशान, तुझे कितना लाड़ करते हैं और तू बिगड़ रहा है", माँ ने नीत्शे से कहा, फिर बात को आगे बढ़ाते हुए अपने पति को कहा, "जाने दीजिए न, पूरा गाँव लाड़ करता है इसको, बहुत प्यारा है हमारा बच्चा, क्यूँ मार रहे हो। कितना ज्ञानी

है, कल पड़ोस वाली अम्मा इसके लिए हलवा लेके आईं, और बोलीं कि साक्षात् भगवान का अवतार है हमारा केशव।"

नीत्शे में जैसे नई ऊर्जा आ गई और बोला, "मम्मी रोटी दे दे बढ़िया घी लगी।"

यह सुन पिता ने उसकी तरफ़ देखा, और बोले, "तू ही इसे बस इस नाम से बुलाती है। यह भगवान का नहीं किसी असुर का अवतार है। मेरे पिछले जन्मों के पाप का नतीजा। सारे गाँव में बीड़ी पीते हुए घूमता है, कल दारू भी पिएगा। कौन रोकेगा इसको?"

बीड़ी की बात पर माँ एकदम चौंक गई और उसने भी नीत्शे को दो थप्पड़ लगा दिए। नीत्शे को माँ के हाथ के गरमा-गरम थप्पड़ों की उम्मीद नहीं थी। नीत्शे कुछ नहीं बोला, किचन से जाकर खाना खाकर फिर से भाग गया।

नीत्शे दो दिन से घर नहीं गया था। पिताजी देखते रहे पर वह कहीं नहीं मिला। गाँव में सुनने में आया था कि पकड़ हो रही है, रामबाबू गड़रिया नाम का कुख्यात डाकू लोगों को पकड़ रहा है और फ़िरौती माँग रहा है। रामबाबू और उसके गिरोह का डर पिछले एक दशक से गाँव में रहा है।

पुलिस ने उस पर पाँच लाख का इनाम रखा था, और ख़बर यह थी कि उसका गिरोह गाँव के आस-पास ही है। इस बात से बोहरे जी के घर में भी चिंता बिपरी हुई थी। एक तो नीत्शे घर नहीं आता, दुनिया जहान में घूमता रहता है और दूसरा गाँव में एक नई बला आन पड़ी।

नीत्शे की माँ ने उसके पिताजी से कहा– "क्यूँ डर रहे हो। नीत्शे कुछ सुझा देगा।"

“वही तो डर है उस बीड़ीख़ोर के मनचले हथकण्डों से, कि कहीं कोई नया बखेड़ा ना खड़ा कर दे”, पिताजी ने कहा।

“ऐसे मत कहो! और लल्ला बीड़ी पीता है? आपने पहले बताया नहीं?”

“क्या बताता? उसने पूरे गाँव में नाक कटा रखी है”, पिताजी ने कहा।

“मैं बात करूँगी लल्ला से, आप भी तो उसके पीछे पड़े रहते हैं।”

धाकड़ साहब ने एक मीटिंग बुलाई जिसमें नीत्शे को भी निमंत्रण था। बोहरे जी जानते थे कि अगर वह वहाँ गए तो नीत्शे नहीं आएगा, इसीलिए उन्होंने ख़बर पहुँचाई कि नीत्शे को बोला जाए कि उसके पिताजी वहाँ नहीं होंगे।

शाम को महफ़िल सज चुकी थी। सब लोग हरिया काका की दुकान पर बैठे हुए थे।

धाकड़ साहब ने बोला नीत्शे को बुलाओ, बोहरे जी भी आएँगे पर उससे मत कहना। नीत्शे अपने चिर-परिचित अंदाज़ में आया, एक हाथ में गुड़ की भेली और दूसरे में बीड़ी।

हरिया काका बोले, “आओ बेटा नीत्शे, सुना होगा तुमने अपने गाँव में पकड़ हो रही है, रामबाबू गड़रिया आया है। गाँव में डर का माहौल है। सभी डरे हुए हैं कि क्या होगा। तुम्हारे भरोसे है सब कुछ, बेटा कोई रास्ता सुझाओ।”

नीत्शे ने बीड़ी जलाई और कहा, “परेशान काहे हो रहे हैं, हम मिलेंगे उनसे, कल ही उनका एक ख़बरी हमको बताया था कि वह हमसे मिलना चाहता है।”

पिताजी उस बात को सुन रहे थे। उनको हिदायत थी कि वो बीच में नहीं आएँगे, जब तक बात पूरी ख़त्म न हो।

धाकड़ साहब बोले, "तुम तो बच्चे हो। तुम्हें तो वह क्या ही करेगा। डर हमें लगना चाहिए, सुनने में आया कि कल अंकुरसी गाँव के सरपंच को उठा लिया और 25 लाख माँग रहा है, और रामबाबू तो किसी को मारने से भी नहीं कतराता। एक बार 12 लोगों को एक लाइन मे खड़ा करके गोलियों से भून दिया। अगर तुम सोच रहे हो कि वह अमीरों को अकेले पकड़ता है तो तुम ग़लत हो। वह कई छोटे-छोटे दुकानदारों और जिनकी भी थोड़ी बहुत जमीन है, सबको पकड़ लेता है। इसलिए सारा गाँव असुरक्षित है।"

नीत्शे हँसने लगा बोला, "वह अपना काम कर रहा है, अब डाका-वाका नहीं डालेगा तो क्या करेगा। वो उसका कर्म है, आप अपना कर्म करिए। आपको पकड़ेगा तो पैसे दे दीजिएगा। वैसे भी आप जैसों को तो पकड़ता ही है।"

धाकड़ साहब हकबका गए, और ग़ुस्से में बोले कि "तुम कह रहे थे कि वह तुमसे मिलना चाहता है, तो मिलो उससे बात करो। समझाओ कि हमारा गाँव छोड़ दे।"

नीत्शे फिर से हँसकर बोला कि, "इसमें मेरा क्या फ़ायदा? हर इंसान का अपना धर्म और कर्म है जो उसे करना चाहिए। आपका धर्म इस वक़्त क्या है? आप वो करिए।"

धाकड़ साहब नीत्शे के मुँह के सामने आकर चिल्ला कर बोले, "तू पंडित है, तुझे ग़लत-सही का अंदाज़ा है कि तू डाकुओं की भाषा सीख गया?"

नीत्शे ने उनके मुँह पर बीड़ी के कश का धुँआ छोड़ते हुए कहा, "मुझे कमज़ोरों के सही और ग़लत के मानदंड नहीं सिखाओ सरकार।

मेरे लिए क्या सही है, मैं तय करूँगा। मेरा मानना है गाँव अपनी सुरक्षा ख़ुद कर सकता है। और मैं अगर डाकुओं के साथ हूँ तो यह ग़लत या सही आपके मानदंड तय नहीं करेंगे। मेरे अपने मानदंड हैं।" हमें लगता था कि तुम तो गाँव का भला चाहते हो, तुम तो सबको डुबाने में लगे हुए हो। गाँव में अगर एक भी हत्या हुई तो मुझसे बुरा कोई भी नहीं होगा। मुझे तो लगता था कि तुम्हारे पिताजी तुम्हें ग़लत मारते हैं पर तुम तो एकदम ही निर्लज बातें करते हो।

धाकड़ साहब के कटु शब्द सुनते ही सब उनको समझाने लगे कि "नीत्शे तो बच्चा है, बोहरे जी को बुलाओ उनकी बात सुनते हैं।"

बोहरे जी अब इस संवाद का केंद्र थे। उनको इस बात की ख़ुशी हुई कि नीत्शे की बात की महत्ता को ठुकराया गया। वहीं नीत्शे पिताजी को देख थोड़ा भी चकित नहीं हुआ, उसको अंदाज़ा तो था ही कि पिताजी आस-पास कहीं तो हैं और अपनी गुड़ की भेली खाता रहा।

बोहरे जी बीच में आए और नीत्शे को ज़ोर का चमाट मारा, और जाने को कहने लगे। नीत्शे एकटक पिताजी को देखता रहा पर इस बार भी रोया नहीं और वहाँ से जाने लगा।

हरिया काका ने नीत्शे को रोका और कहा, "अरे नीत्शे बेटा जाओ मत। यह लो हनुमान जी का प्रसाद, यह खालो और इधर बैठ जाओ।" नीत्शे ने प्रसाद लिया और खाने लगा। बात आगे बढ़ी।

बोहरे जी बोले, कि कुछ समय के लिए गाँव का कोई भी मर्द रात को बाहर न निकले। और कोई भी खेत में अकेले न जाए।

सब इन बातों को सुनते रहे और मानते रहे। किसी के पास और कोई उपाय भी तो नहीं था। पर बात कहना आसान था, करना मुश्किल। बोहनी का वक़्त था और गाँव नौ तपे के बाद आने वाली पहली बारिश का इंतज़ार कर रहा था।

उम्मेद नाम के व्यक्ति ने कहा, "भैया पिसी लगानी है इस बार। खेत तैयार करना है, कैसे होगा? बटाई वाले तो जाएँगे ही। हमारे पास तो ज़मीन भी नहीं, काम तो करेंगे ही।"

शंभु ने भी इस बात में अपनी बात को जोड़ते हुए कहा, "सबके गैंतो में ढोर-बछेरी बंधी रहती हैं। घरों में इतनी जगह थोड़ी है कि सब घर बांध लें। अब लोग तो बाहर निकलेंगे ही, घर में हमेशा थोड़ी रह सकते हैं।"

बोहरे जी ने अपनी वाकपटुता का प्रदर्शन करते हुए कहा, "यह मुसीबत का समय है, अगर गाँव से कोई नहीं मिलेगा तो वह किसी को नहीं पकड़ेगा और रामबाबू हनुमान जी का बड़ा भक्त है मत्था टेकने ज़रूर आएगा हमारे गाँव। मैं मंदिर में रहूँगा, उससे बात करूँगा। उससे कहूँगा कि हमारे गाँव में पकड़ न करे।"

यह सब सुन नीत्शे फिर से ज़ोर-ज़ोर से हँसने लगा और कहने लगा, "आप बात करेंगे और वह आपकी बात मानेगा?"

बोहरे जी को फिर से बहुत ग़ुस्सा आया, लेकिन इस बार उन्होंने नीत्शे को पीटना जायज़ नहीं समझा क्योंकि गाँव में उनकी बातों की सत्ता एक बार फिर से स्थापित हो चुकी थी।

धाकड़ साहब ने बोहरे जी की बात से थोड़ी साँस भरी और बोले, "हम तो सिर्फ़ इंतज़ार कर सकते हैं, होना करना सब भगवान की मर्ज़ी है। बोहरे जी आप गाँव के पुजारी हैं, आप इस बात को सँभालें। आप बात करें उनसे।"

हरिया काका गाँव के सबसे बुज़ुर्ग होने के नाते इस बातचीत का उद्देश्य साफ़ कर देना चाहते थे। उन्होंने कहा, "देखिए हमारा गाँव कोई धन्ना सेठों का गाँव तो है नहीं कि कुछेक लोग हैं जो अमीर हैं, पकड़ होने से बेहतर क्यूँ न यह किया जाए कि हम कुछ पैसा इकट्ठा करके रामबाबू

को दे दें। इससे होगा यह कि गाँव भी शांति से रहेगा और कोई पकड़ भी नहीं होगी।"

यह बात सुनते ही राहत भरी फुसफुसाहट शुरू हो गई। गाँव के बुज़ुर्ग यह मानकर चल रहे थे कि रामबाबू का कोई ख़बरी हमारे बीच होगा ही, और यह बात उस तक पहुँच जाएगी। यह एक हिसाब से संधि-समझौता होगा। बोहरे जी भी इस बात में अपनी अगुवाई को देख चुके थे और बात की गहरी अंतर्दृष्टि से इत्तेफ़ाक़ रखते थे। जिसके कारण तय हुआ कि पैसा इकट्ठा किया जाएगा। हर व्यक्ति प्रति बीघा पाँच हज़ार रुपए देगा और पैसे इसी हफ़्ते हनुमान मंदिर में इकट्ठा किये जायेंगे।

इतने में क्षेत्र का डीएसपी अक्षय सिंह आया, जो कई सालों से रामबाबू के पीछे पड़ा था और आज उसके पास मौक़ा था। आते ही गाँव वालों ने स्वागत-सत्कार कर, अपना डर प्रकट किया।

डीएसपी ने कहा, "देखिए घबराइए नहीं, वह इन्हीं जंगलों में छिपा है, हम जल्द ही उसको पकड़ लेंगे। आप निश्चिंत रहें। कोई भी ख़बर लगे तो मुझे बताएँ। मेरा नंबर आप सब नोट कर लें। मुझे पर्सनल फोन करें। हमें किसी भी हाल में उसे पकड़ना है।" और बाक़ी हिदायत देकर डीएसपी चला गया।

नीत्शे सबकुछ इत्मीनान से सुन रहा था, लेकिन बोल कुछ नहीं रहा था। जब महफ़िल बर्ख़ास्त हुई और सब जाने लगे तो पिताजी उसके पास आए। उसे लगा कि कान खींचेंगे तो उसने अपने दोनों कानों पर हाथ रख लिया। लेकिन ऐसा हुआ नहीं, आज पिताजी थोड़े ख़ुश थे कि उनकी सत्ता गाँव में फिर से कायम हो गई थी। उन्होंने नीत्शे का हाथ पकड़ा, उसको उठाया, बाल सहलाए और उसके जेब से बीड़ी का बंडल निकाल कर फेंक दिया।

घर आते ही माँ ने यह आलाप लगाया कि तू बीड़ी पीके आया है और एक थप्पड़ जड़ दिया। इस बात के लिए नीत्शे तैयार नहीं था। माँ

के थप्पड़ के लिए वह कभी तैयार नहीं होता। लेकिन उसने माँ का दिया थप्पड़ सहन करके उसको दिलासा दिया कि वह अब बीड़ी नहीं पिएगा। नीत्शे नहीं चाहता था कि माँ को यह बात पता चले कि वह बीड़ी पीता है, क्योंकि माँ का लगाव उसको बांधता था। लेकिन अब माँ को यह बात पता चल चुकी थी जिसके कारण वह अब घर बीड़ी पीके नहीं आ सकता था।

सबसे बड़ी बात थी कि नीत्शे को बस निर्मोही ही रहना था। माँ का प्रेम उसके निर्मोही होने में बाधा था।

पिताजी ने उसको हिदायत दी कि घर से नहीं निकले, लेकिन पिताजी जानते थे कि नीत्शे उनकी नहीं सुनेगा। नीत्शे उस रात दुविधा में था, उसको आम खाने का मन था, लेकिन उसे किसी के बग़ीचे से चुराकर खाने में ही मज़ा आता था। जब पूरा गाँव आज अपने-अपने घर में सो रहा है, तो वह उस चुराने के आनंद से अपने आपको दूर देख रहा था। जब वह आम चुराने जाए और उसका कोई पीछा न करे तो क्या ही फ़ायदा। आम में फिर वह स्वाद नहीं आएगा।

अंत में नीत्शे ने सोचा कि बीड़ी ही पी जाए, पर रात गहरा चुकी थी। और उस वक़्त बीड़ी ढूँढ़ पाना टेढ़ी खीर था, फिर भी नीत्शे बीड़ी की खोज में निकल पड़ा।

पहले उसने हरिया काका की दुकान में घुसने का प्रयास किया, लेकिन दोनों तरफ़ से दरवाज़ा बंद था। उसने दरवाज़ा पीटना उचित नहीं समझा, क्योंकि वह ख़्वाह-मख़्वाह डर का माहौल बना देगा। चलते-चलते वह हनुमान मंदिर आ पहुँचा। जैसे ही नीत्शे मंदिर पहुँचा, उसने देखा कि उसके पिताजी पाँच-छः बंदूक़धारियों के सामने हाथ जोड़े खड़े हैं, तब तक गाँव में पकड़ हो चुकी थी और धाकड़ साहब, बच्चू सेठ, बल्ली पंडित सब गिरफ़्त में थे। पिछले दस घंटों में गाँव में बहुत कुछ घट चुका था।

नीत्शे को इस सबसे कोई मतलब नहीं था। उसका मतलब इस वक़्त केवल बीड़ी तक सीमित था, वह गया और एक लंबी दाढ़ी मूँछ, और कंधे पर बंदूक़ रखे एक आदमी के पास आ गया।

इस सब में एक बच्चे को आता देख सब हतप्रभ रह गए। नीत्शे उस व्यक्ति के पास आकर कहता, "रामबाबू! बीड़ी पीता है?"

रामबाबू उसको एकटक देखता रहा। एक मिनट देखने के बाद उसके चेहरे पर जैसे शिकन आ गई और बोल पड़ा, "हाँ!"

नीत्शे ने पूरे आत्मविश्वास से कहा, "एक बीड़ी दे।"

नीत्शे के पिताजी बीच-बचाव करते हुए हड़बड़ी में कहते, "सरकार माफ़ कर देना, बालक है, अकल थोड़ी कम है।"

और नीत्शे को बोलने लगे, "कंस यहाँ से निकल जा। पूरे गाँव की अर्थी उठवाना चाहता है क्या। देख तो ले किस से बात कर रहा है।"

रामबाबू ने अपने बीड़ी के बंडल से बीड़ी निकाली और नीत्शे को दी, नीत्शे ने जलाई और पीने लगा, मानों उसको कोई फ़र्क़ ही नहीं पड़ा कि क्या हो रहा है। पीते-पीते वह एक कोने में जा बैठा।

रामबाबू नीत्शे के बीड़ी पीने के अंदाज़ को देखे जा रहा था। रामबाबू ने अब थोड़ा अपने डाकू लहजे में पूछा, "क्या नाम है तेरा लड़के, तुझे डर नहीं लगता, यहाँ के 18 गाँवों में मेरा ख़ौफ़ है और तू मुझसे बीड़ी माँग के पी रहा है, कौन है तेरा बाप? यह पुजारी? क्यूँ रे पुजारी? तू तो डर के मारे काँप रहा है और तेरा बेटा मुझसे आकर बीड़ी माँगकर पी रहा है। तेरा ही बेटा है न?"

और सारे लोग ज़ोर-ज़ोर से हँसने लगे।

बोहरे जी थोड़े रुआँसे हुए कहने लगे, "माफ़ी सरकार! बहुत ही नालायक़ है इसको तमीज़ नहीं है बात करने की।"

तभी रामबाबू के सहयोगी ने बताया कि वह नीत्शे है, जिसके गिरोह में भी चर्चे थे।

नीत्शे अब थक चुका था, उसको नींद आ रही थी। अब वह घर जाना चाहता था। वह रामबाबू के पास आया और बोला, "मंगलवार का व्रत रखते हो?"

रामबाबू इस सवाल से फिर भौंचक बोला, "तू पुजारी का ज्ञानी बेटा नीत्शे है?"

"हाँ रखता हूँ", रामबाबू ने मुस्कुराते हुए कहा।

"तेरे भाई बलबीर को, तेरे फूफा ने मरवाया था। तूने उसके बेटे को ग़लत मार दिया। तुझे कोई पश्चाताप नहीं?", नीत्शे ने पूछा।

रामबाबू को नीत्शे में एक ज्ञानी साधु दिखने लगा था और उसके चर्चे भी उसने काफ़ी सुने थे, अब वह थोड़ा नरम हो गया और बोला, "मैंने तो 20 से अधिक ख़ून किए हैं और फिरौतियाँ माँगी हैं तो मुझे सिर्फ़ इस चीज़ का ही पश्चाताप क्यूँ होगा? मुझे हर जुर्म का पश्चाताप होना चाहिए, लेकिन अगर तू चाहता है कि मैं डकैती छोड़ दूँ तो तू ग़लत समझ रहा है। मैं तेरे गाँव में लूट करने आया हूँ, तो लूट कर ही जाऊँगा।"

नीत्शे हँसने लगा, बोला, "वह तो तेरा धर्म है, डाकू का धर्म है–डाका डालना। उस धर्म से रोकने की, मैं नहीं कहता। मेरे कहने का अर्थ यह है कि जब तू डाकू नहीं था, तब तूने एक अपराध किया, जिसका प्रायश्चित नहीं किया।"

"मैं प्रायश्चित क्यूँ करूँ? जब इतने लोगों को मार दिया। जहाँ तक कि मेरे गैंग के लोगों ने तो बलात्कार किए, काफ़ी निर्दोषों को बहुत वीभत्स ढंग से तड़पाया, और फिर उनकी निर्मम हत्याएँ कीं। लेकिन मुझे उसका पछतावा नहीं हुआ। तो उस बात का पछतावा क्यूँ करूँ?"

"तुझे वह प्रेम करता था। तेरा भाई था वह, वह चाहता था कि जिस संपत्ति के लालच में उसके बाप ने तेरे भाई को मरवाया, वह तुझे न मारे। पर तूने उसके बाप को तो मारा ही, उसे भी मार दिया।"

रामबाबू जैसे कुछ वक़्त के लिए पश्चाताप में अचेतन-सा हो गया और हाथ जोड़ कर बोला, "आप क्या चाहते हैं?"

बीड़ी दे तो बताऊँगा, नीत्शे ने निःसंकोच कहा।

रामबाबू ने दो बीड़ी जलाई और एक नीत्शे को दे दी।

"उसके घर जा और उसके बच्चे जो आज मज़दूरी कर रहे हैं, उनको उनके हिस्से का पैसा दे और उसकी बीवी से माफ़ी माँग", नीत्शे ने बेबाकी से कहा।

रामबाबू सोच में पड़ गया। फिर थोड़ा होश में आकर बोला, "मैं डाकू हूँ, खूँखार डाकू। मेरे नाम से लोगों की रूहें काँप जाती हैं और तुम कहते हो कि मैं किसी से माफ़ी माँगू?

मेरे बारे में कुछ बातें किसी से पता करवाकर, मुझे बरग़लाने की साज़िश कर रहा है तो ख़बरदार हो जा, एक-एक को उड़ा डालूँगा" रामबाबू जवाब में बोला।

नीत्शे ने बीड़ी को फेंकते हुए कहा। "सुबह होने वाली है, हनुमान जी के दर्शन कर लो अच्छे से। और जो लूटना है लूट के निकल जाओ। दो बीड़ी दोगे तो एक राज़ की बात भी बताऊँगा।"

रामबाबू को यह पूरी बातचीत ही पल्ले नहीं पड़ रही थी। आख़िर यह लड़का कौन है, चाहता क्या है? क्या कोई ज्ञानी महात्मा है? क्या कोई प्रकांड पंडित है? कौन है यह?

रामबाबू ने दो बीड़ी उसको बंडल से निकाल कर दे दीं। नीत्शे ने उसको हँसते हुए बताया– "देखो, धाकड़ साहब ने पिछले चुनाव में 50

लाख ख़र्चा किया, तो समझ सकते हो कितना पैसा होगा इनपर और रही बात तुम्हारे बाक़ी बंदी की, कुल मिलाकर एक करोड़ तक गाड़ी पहुँच जाएगी। मेरे पिताजी पर भी, कुछ पाँच-दस लाख की संपत्ति है, कुछ एक-दो लाख मंदिर में ही रखे हैं। सब ले लो और सुनो, लूट कर जंगल के रास्ते मत जाना। पुलिस होगी वहाँ। मुख्य सड़क से जाना।" और वहाँ से चलता बना।

पिताजी और बाक़ी गाँव वालों का गुस्सा सर-आँखों पर था। आख़िर नीत्शे ऐसा कैसे कर सकता है, सारे गाँव को ख़तरे में डाल के निकल गया।

रामबाबू भी पूरा आग बबूला था, गाँव वालों की इतनी हिम्मत कि पुलिस तैनात करा दी। अब गाँव का हर आदमी हार मान चुका था। सबने कहा कि आप जो चाहें ले जाएँ। डाकुओं ने लूट शुरू कर दी। और सुबह उजाले होने से पहले सारा माल जमा कर लिया। तब तक बोहरे जी ने पूरे विधि-विधान से हनुमान जी की पूजा करवाई। जैसे ही जाने को हुए तो नींद में चलता नीत्शे आया। डाकू भाई एक बीड़ी पिलाओ यार।

इस बार रामबाबू बहुत गुस्से में आ गया दो झापड़ मारे और बंदूक़ तानते हुए बोला, "अगर तू बच्चा नहीं होता तो यहीं ट्रिगर दबा देता। वह तो तेरा बाप पुजारी है, वरना इतनी कुटाई करता कि ज़िंदगी भर याद रखता।"

पिताजी को भी इस बात से उस पर रहम नहीं आया। नीत्शे ने उठकर बोला, "डाकू साहब। आज का दिन नहीं है आपका। बचके रहिएगा।"

डाकू के जाते ही नीत्शे की कुटाई का कार्यक्रम शुरू हो गया। जिसके हाथ जो लगा उससे मारा। बहुत धुनाई हुई, एकदम लाल हो गया। नीत्शे बस बेचारा रोए जाए, बहुत रोया।

गाँव वालों के पीट लेने के बाद, पिताजी ने नीत्शे को उठाया और घर की ओर लेके चलने लगे। नीत्शे ने रोते हुए कहा, "जो तुम मुझे आज मार रहे हो कल माफ़ी माँगते हुए आओगे।" इस बात पर अब पिताजी को ग़ुस्सा आ गया और एक थप्पड़ जड़ दिया और बोले, "रस्सी टूट गई पर बल नहीं गया।"

सुबह सब अपने काम में व्यस्त थे और नीत्शे भी अपने चिर-परिचित अंदाज़ में घर से बाहर था। लेकिन आज उसको पूछने वाला कोई नहीं था। वह चुपचाप मंदिर में जाकर सो गया।

"रामबाबू की हुई मुठभेड़ में मौत", इस हेडलाइन से ख़बर छपी। और शम्भु अख़बार लेकर हरिया काका की दुकान पर आया और बोला आपने ख़बर पढ़ी, सरकार हमारे गाँव पिपरिया खुर्द को सम्मानित करेगा और लूट का सारा सामान लोगों को वापस दिया जाएगा। और जो 15 लाख के इनाम की राशि है, वह छोटे बच्चे नीत्शे को दी जाएगी।

सब हैरान थे कि ऐसा कैसे हो गया। नीत्शे ने तो सारा काम बिगाड़ा, वह कैसे हीरो हो गया। इस बार पूरे गाँव में चर्चा हो रही थी, लेकिन नीत्शे गायब था। सब वही सोच रहे थे कि ढूँढ़ने निकला होगा बीड़ी और कुछ खाने का सामान। शाम में डीएसपी आए और बोले, "भाई नीत्शे कौन है? बड़ा अजीब बच्चा है। उसने टिप दी थी कि रामबाबू जंगल के रास्ते ही आएगा। मैंने कहा, वह कोई और रास्ते से भी तो निकल सकता है, तो बोलता है– वह जंगल के रास्ते ही जाएगा। क्योंकि उसको मैंने बोला है", और हँसने लगे।

पाँच-दस लड़के नीत्शे को कहीं से पकड़कर लेके आए। नीत्शे बस अपने कान पर हाथ रखे हुए था। डीएसपी ने उसके कंधे पर हाथ रखा और उसको शाबाशी दी। नीत्शे कुछ नींद में था, उसने भाव नहीं दिया। जब वह जाने लगे। तो पूछने लगा कि, "सिगरेट पीते हो?"

डीएसपी इस सवाल से हैरान रह गया और बोला– "नहीं! सिगरेट पीने से कैंसर होता है।"

नीत्शे ने उदास मन से कहा, "वह तो उस पर लिखा होता है, ऐसे तो मीठा खाने से भी शुगर होता है।"

डीएसपी ने प्यार से सर पर हाथ फेरते हुए नीत्शे को बोला, "तुम्हारी उम्र नहीं है यह सब करने की तुम पढ़ाई करो।"

"तुमने किसी मासूम को मार दिया है, तुम्हारे पुलिस प्रशासन को उसको मारने की इतनी जल्दी थी कि तुमने देखा ही नहीं किसको मारा गया", नीत्शे बोला।

डीएसपी के तो जैसे होश उड़ गए और तपाक से बोला, "बच्चे हो बच्चे रहो। हमने उसके गिरोह के सात लोगों को मारा है, और तुम ही ने तो टिप दी थी कि वो जंगलों के रास्ते आएगा। ऐसी बर्गलाने वाली बातें मत करो।"

नीत्शे पास के चबूतरे पर बैठ गया और बोला, "सर वह कोई कच्चा खिलाड़ी नहीं है, वह गाँव से निकला ही नहीं था और उसको पहचानता कौन है? पुलिस इनाम के लिए किसी भी दाढ़ी वाले इंसान को रामबाबू मान सकती है।"

डीएसपी बोला, "तो कहाँ है वह?"

नीत्शे बोला, "वह आया था आज दुपहर, डर तो उसे लग रहा था क्योंकि उसके गिरोह के सात साथी मारे गए। लेकिन जब उसको मैंने बताया कि पुलिस ने उसको मरा मान लिया है तो वह हँसने लगा और फिर हम ख़ूब नाचे और पूरा बंडल बीड़ी पी गए।"

डीएसपी ज़ोर से हँसने लगा, "यह बच्चा एकदम पागल है।"

“अगर यह बात सच हुई तो मैं तुझे ख़ुद बीड़ी पिलाऊँगा”, और वहाँ से चल दिया।

डीएसपी के जाने के बाद शंभू आया और बोलने लगा कि लूट का सामान उसके गैत में है और गाँव वालों ने नीत्शे को कंधे पर बिठा लिया और जश्न मनाने लगे।

गाँव का माहौल बहुत ख़ुशनुमा था। जब नीत्शे घर आया तो कढ़ी बनी हुई थी। माँ ने नीत्शे को आते ही सीने से लगा लिया और बोली, “बहुत मारा है मेरे लाल को” और ले जाकर नीत्शे को रोटी और कढ़ी खिलाने लगी।

आज घर में पहली बार पिताजी के अलावा किसी और के लिए सब्जी बनी थी। नीत्शे ने खाना खाया, और अपने चिर-परिचित अंदाज़ में बीड़ी जलाने लगा। वह इस बार घर में ही बीड़ी पी रहा था। माँ ने उससे कुछ नहीं कहा बस उसकी ओर देखे जा रही थी। नीत्शे ने भी अपनी माँ को देखा और एक कश लेकर बीड़ी फेंक दी। फिर बीड़ी का बंडल भी तोड़ कर फेंक दिया और जाकर माँ की गोद में सर रख कर सो गया।

“रामबाबू ज़िंदा है”, अगले दिन अख़बार में ख़बर छपी।

■

फूफा ने औकात दिखाई

उस दिन कमलेश बहुत ख़ुश था। उसकी शादी थी, और लड़की भी गोरी मिली थी। गोरी बहू मिलना उत्तर भारत में विशिष्ट दर्जा रखता है, अगर आपको गोरी बहू मिली है तो आप में कोई तो गुण है भले ही आप में कपड़े पहनने तक का शऊर भी न हो, और चाहें आपकी नाक ही क्यों न बहती हो। आपकी बहू गोरी है तो आपकी थोड़ी तो इज़्ज़त होगी, मसलन आपको मिलकर लोग कम-से कम-नमस्कार, चमत्कार या दुआ– सलाम तो कर ही लेंगे। बाकी आपकी काबिलियत और जेब में पैसे।

इसीलिए ये कमलेश के जीवन का आज सबसे महत्त्वपूर्ण दिन था। जब सारे दोस्तों की एक-एक से शादी हो रही थी तो कमलेश भी चाह रहा था कि उसकी भी शादी जल्द ही हो जाए। एक-एक दिन वो कैसे काट रहा था वही जानता है। पर बनियों में, ग़रीब बनिया होना अभिशाप है।

घर में एक परचून की दुकान थी, पर कमलेश था, संयुक्त परिवार वाला, और दुकान उसके चाचा और उसके पापा दोनों मिलकर चलाते

थे। दुकान चलती तो बहुत अच्छी थी पर उसका ख़ुद का कोई अपना काम धंधा नहीं था। बिना काम धंधे वाले युवाओं को निठल्ला और अयोग्य समझा जाता है, इसलिए वो अक्सर अपने आप का किसी सरकारी नौकरी की परीक्षा की तैयारी में विलीन होना स्वीकारते हैं, और कहते फिरते हैं कि कंपटीशन की तैयारी कर रहे। क्योंकि अगर कोई युवा निठल्ला है, और अपना कुछ करना चाहता है तो वो समाज की नज़र में तब तक नहीं उठ सकता जब तक वो या तो सरकारी नौकरी लगवा ले या बियाह करके गृहस्थ हो जाए।

ऐसा नहीं था उसने कोई अपना धंधा शुरू नहीं किया, उसने काम करना चाहा पर उस से हुआ नहीं। जब अनाज ख़रीदना-बेचना शुरू किया तो कोई ड्राइवर अनाज से भरा टेंपो लेकर भाग गया। चाचा ने उस दिन बहुत धोया। मुँह नाक सब सुजा दिया, बनिया लोगों में घाटे की मार बहुत ज़्यादा ख़तरनाक होती है। पता नहीं साहित्य के लोग पाश की इस बात पर इतना क्यों फिदा हैं कि "सबसे ख़तरनाक होता है मुर्दा शांति से भर जाना।" कितनी बड़ी मूर्खता है! सबसे ख़तरनाक तो घाटा लगना है। और उससे भी ज़्यादा ख़तरनाक यह है कि घाटे की बात चाचा को पता चल जाए। जब कपड़ों की दुकान लगाई तो दुकान में गाय घुस गई, और सारा कुछ तहस-नहस कर दिया। उस दिन कमलेश ने अपने आप को ख़ुद ही धुनाई के लिए सरेंडर कर दिया।

कमलेश कुछ समय शहर में जाकर एक डॉक्टर के पास कंपाउंडर रहा। वहाँ MA पॉलिटिकल साइंस, डॉक्टर बच्चू लाल के क्लिनिक में पाँच महीने काम करने के बाद, कमलेश ने एमबीबीएस की पढ़ाई पूरी कर ली थी, और गाँव आकर अपना क्लिनिक खोला। लेकिन गाँव के ही एक युवक जगदीश को साधारण बुखार होने पर मलेरिया की दवाई दे दी। उसकी हालत इतनी बिगड़ गई कि उसको शहर ले जाना पड़ा।

कई ग्लूकोज की बोतलें चढ़ीं, और पाँच दिन भर्ती रहने के बाद जब जगदीश ठीक होकर आया तो उसने अपना मल (गू) एक कागज में भर कर उसकी क्लिनिक में फेंक दिया। यह सब कुछ ऐसे हुआ जैसे किसी राजनेता पर मीडिया के सामने स्याही फेंक दी जाए। उस दिन के बाद डॉक्टर कमलेश फिर से एक आम दुकानदार बनकर रह गए। यह पदावनति उनकी "असाधारण क्षमताओं" का ही परिणाम थी। सोचिए, एक ऐसा देश, जहाँ पॉलिटिकल साइंस की डिग्री को इतना महत्त्वपूर्ण माना जाता है कि उसकी छत्रछाया में लोग प्रधानमंत्री, पत्रकार, साँसद, ऐक्टर, और इस कहानी का लेखक तक बन सकते हैं– वहीं, एक व्यक्ति जिसने पॉलिटिकल साइंस पढ़ने वाले डॉक्टर से डॉक्टरी सीखी, उसकी पदावनति करवा दी गई। यह कितनी निहायत ही टुच्ची बात है!

इसके बाद कमलेश के चाचा ने उसे दुकान पर ही बैठने को कहा। इस बार उसकी धुनाई नहीं हुई। चाचा ने बस इतना कहा– “जब पिछवाड़े में नहीं था गूदा , तो लंका में क्यूँ कूदा।”

दुकान पर कमलेश लगन से काम करता था। पर कमलेश की उम्र तीस वर्ष हो गई थी और गाँव में इस उम्र तक आते-आते रंडुआ कहलाया जाना काफ़ी आम बात होती है। 30 की उम्र तक गाँव में कुँवारा बिना कारण कोई नहीं रह सकता था, इसलिए कमलेश आए दिन उपहास की हँसी सुनता रहता था। उसका

दोस्त– हल्कू भी इस हँसी से उसको नहीं बचा पाता।

वो तो भला हो गुड्डी बुआ का जिन्होंने यह अफवाह फैला दी कि "कमलेश की ग्वालियर में नौकरी लग गई है, और तनख़्वाह पूरे 20 हज़ार रुपये हैं। पर चाचा ने कहा कि वह नौकरी करने नहीं जाएगा, क्योंकि इससे ज़्यादा तनख़्वाह वे ख़ुद उसे दे देंगे।" यह अफवाह काफ़ी कारगर साबित हुई। इससे यह धारणा बन गई कि कमलेश का परिवार

भरा-पूरा है, खाने-पीने की कोई कमी नहीं है, और जो लड़की इस परिवार में आएगी, वह राज करेगी।

बड़ी मशक्कत के बाद एक रिश्ता आया, पास के एक गाँव की लड़की थी। माँ जल्दी ही चल बसीं थीं और पिता बेटी को ज़्यादा दूर बियाहना नहीं चाहते थे। तो उनके लिए कमलेश ही एक बेहतर विकल्प था।

लड़की का नाम था रानी। रानी इस शादी से ख़ुश थी क्योंकि कमलेश की कद काठी अच्छी थी– न गुटका न शराब– और ये तसल्ली भी थी कि शादी घर से दूर नहीं हो रही। लेकिन रानी को लड़ाई झगडे से सख़्त नफ़रत थी, उसने अकेले अपने पिता को संभाला, सारे घर की ज़िम्मेदारी उठाई। अब वो बस एक आसान गृहस्थ जीवन जीना चाहती थी। बिना किसी चकल्लस, बिना किसी उहापोह के।

इस समय कमलेश का मेकअप हो रहा था। गुड्डी बुआ कमलेश के लिए जूस लेकर आईं। कमलेश उनको देखकर एक बच्चे की तरह खिलखिलाता आया और कहने लगा, "मेरी प्यारी बुआ, तू जो माँगेगी लाके दूँगा" और बुआ ने उसकी बालाएँ लीं और कहा, "छोटे से तुझे खिलाया है लल्लू, तू चिंता मत कर। तेरे लिए प्यारी पुतरिया-सी बहू लाई हूँ। खूब ख़याल रखेगी तेरा" और कमलेश गट-गट करके पूरा जूस पी गया।

कमलेश ने कहा, "बुआ तूने सबकुछ किया, अब मेरी शादी करवा रही है। मम्मी, पापा, चाचा सब ख़ुश हैं। तू तो जानती ही है, गाँव में सब कितना मज़ाक़ उड़ाने लगे थे।"

बुआ ने 10 का नोट उघार कर, कमलेश के दोस्त हल्कू को दिया और बोला, ढोल वाले को दे आना। हल्कू ने उसको जेब में डाला और बाहर आकर बारातियों को मिल रही कोल्ड ड्रिंक का आनंद लेने लगा। उसने ढोल वाले को पैसे देने के बजाय ख़ुद को इसका पात्र समझा,

क्योंकि वो कमलेश का लंगोटिया यार है। उसने वैसे ठीक ही किया, आम भाषा में इसको भ्रष्टाचार कह सकते हैं पर भारतीयों में इसको भ्रष्टाचार नहीं समझा जाता– क्योंकि दो चार पैसे किसी के पास आ जाएँगे तो किसी का क्या ही जाएगा। हल्कू ने अपनी शेरवानी ठीक की और थोड़े देर में वापिस आकर बोला– "दे आया।"

फिर जाके बाथरूम में घुसने लगा।

बुआ ने कहा– "हल्कू! दुल्हे का फेसवॉश होगा, वो दे दे इसके फूफाजी माँग रहे हैं उनको साबुन सूट नहीं करता।" हल्कू को इस बात पर गुस्सा तो बहुत आया क्योंकि वो शादी में पहली बार फेसवॉश लगाने वाला था। उसके पास पहली बार मौक़ा आया था। वो दूल्हे के मेकअप के बाद ख़ुद भी सुंदर दिखाने के लिए सारे सौंदर्य प्रसाधन का उपयोग करना चाहता था पर कमलेश का फूफा सब कुछ बिगाड़ देता था।

हल्कू ने एक अख़बार पर थोड़ा-सा फेसवॉश अपने लिए निकालकर, बुआ को दे दिया। बुआ ने फेसवॉश लिया और ख़ुद से बड़बड़ाती हुई जाने लगी, "क्रीम तो वो मेरी फेरन लवली वाली लगा लेंगे, बस फेसवॉश चाहिए था उन्हें।"

कमलेश का फूफा एक विचित्र प्रजाति का व्यक्ति था। पेशे से दुकानदार, लेकिन बनिया प्रजाति का सबसे स्टीरियोटाइप चरित्र; "कंजूस"। घर में शादी थी, ख़ुद की कपड़ों की दुकान थी, फिर भी शादी में एक साधारण कुर्ता-पजामा पहनकर आ गया। यह सोचकर कि ससुराल जा रहे हैं, तो शेरवानी तो साले साहब सिलवा ही देंगे। फूफा को सभी जानते थे और उनसे कोई कुछ कहता भी नहीं था। फूफा को फ़र्क़ नहीं पड़ता था कि दुनिया जहान में क्या चल रहा है, उन्हें बस अपनी पूरी इज़्ज़त चाहिए थी। जहाँ बैठ जाते, वहाँ अंगद के पैर की तरह जम जाते।

बुआ के कमरे में आते ही फूफा बोले, "इतनी देर लगा दी! कहाँ रह गई थी? स्टेज प्रोग्राम शुरू होने वाला है। ला, फेसवॉश दे।"

फूफा ने फेस वॉश से मुँह धोया और स्नान करके एक दम तैयार हो गया। फिर क्या? नीचे जाकर कूलर के सामने बैठ गया।

जून का महीना था और उमस से सबकी बहुत हालत ख़राब थी, पर दिक्कत ये थी कि 500 बारातियों के बीच तीन कूलर थे। एक महिलाओं की साइड था, दूसरा– स्टेज पर और तीसरा– पुरुषों की साइड। आधे घंटे में दूल्हा– दुल्हन आने वाले थे। फूफा की कूलर के सामने बैठे-बैठे लगभग आँख लग गई। थोड़ी देर में लड़की का मामा अपनी कुर्सी लेकर फूफा के पास आया, और उनको जगाने लगा "भाईसाहब सो गए क्या?"

"नहीं! नहीं! जरा आँख लग गई थी", फूफा बोला।

"गर्मी मुलख है", मामा ने रुमाल से पसीना पोंछते हुए कहा।

"हाँ! भैरंट है", फूफा ने जवाब में कहा।

मामा ने थोड़ी दरख़ास्त करते हुए कहा, "थोड़ा सरक जाएँगे? हमन ने भी थोड़ी बयार आ जागी।"

फूफा को बात जमीं नहीं, एक तो वो लड़के वालों की साइड से, दूसरा ये कि वो फूफा है– कैसे लड़की का मामा उस से कूलर के सामने से खिसकने की बोल सकता है, उसकी इतनी जुर्रत हुई कैसे, फूफा के मन में आया कि दे मारे एक कान के नीचे, पर शादी का माहौल है और वो सम्मानित व्यक्ति है, ऐसा करेगा तो लोग उसकी खिल्ली उड़ाएँगे। उसने आराम से कहा, "हमने तो सुनो हेतो के, आपके यहाँ लड़के वालों खो बहुत सम्मान किया जातो है, लेकिन आप तो कोई और मन से आए लगते हो।"

मामा को बात की ठंड समझ आ गई, उसने झगड़ना उचित नहीं समझा और मुस्कुरा दिया। पर फूफा टस से मस नहीं हुआ। थोड़ी देर में दूल्हा और दुल्हन स्टेज पर आ गए और वरमाला का प्रोग्राम शुरू हो गया।

सब लोग बारी-बारी से स्टेज पर जाकर फोटो खिंचवा रहे थे, लेकिन फूफा अपनी कुर्सी पर बैठे कूलर की हवा खा रहे थे। उनका जाने का मन नहीं था, और जाएँ भी कैसे? अगर किसी ने कुर्सी कब्जा ली तो क्या करेंगे? फूफा बैठे ही रहे।

वैसे, फूफा का इसमें ख़ास दोष भी नहीं था। कुर्सी खोने का डर तो हर किसी को होता है। जब तक आप कुर्सी पर हैं, आप शक्तिशाली हैं। और जब तक आप शक्तिशाली हैं, तब तक आप यह सुनिश्चित करना चाहेंगे कि कोई ऐरा-गैरा आपकी कुर्सी पर कब्जा करने की हिम्मत न करे।

जब सब लोग फोटो खिंचवाकर जाने लगे, तो कमलेश के पिताजी को याद आया कि जीजा ने फोटो नहीं खिंचवाई है। यह बात अगर फैल गई, तो घर-परिवार में जग-हँसाई का कारण बन सकती थी। इसलिए सब लोग गुड्डी बुआ को खोजने लगे। गुड्डी बुआ में भी फोटो खिंचवाने की होड़ मची हुई थी। गुड्डी बुआ स्टेज के पास ही थीं और फूफा को आवाज़ दे रही थीं। लेकिन फूफा थे कि टस से मस नहीं हो रहे थे। इतने में उनकी नज़र हल्कू पर पड़ी। फूफा बोले, "सुन हल्कू, नेख जे कुर्सी पर बैठो रह और हवा खा। मैं फोटू खिंचवाकर आ रहो हैं, जे कुर्सी कोईकाजे देना नई। दई, तो समझ लियो तेरो का होगो।"

हल्कू का दिन ही ख़राब चल रहा था। फूफा की फूफागिरी कभी कम नहीं होती थी। उन्हें हमेशा अपना सुख-चैन चाहिए होता था। चूंकि

दोस्त की शादी थी इसलिए हल्कू ने कड़वे घूँट पीकर कहा, "जाइए, हम देख रहे हैं आपका सिंहासन।"

फूफा चले गए स्टेज पर फोटो खिंचवाने। जैसे ही वे फोटो खिंचवा रहे थे, उन्होंने देखा कि लड़की का मामा हल्कू के साथ बैठकर हँस-हँसकर बातें कर रहा है। हल्कू, साला ढोर, ख़ुद अपनी कुर्सी से उठकर मामा को बिठा चुका था। यह नजारा देखकर फूफा को ऐसा लगा जैसे बिना किसी चेतावनी के उनके सारे विधायक पार्टी छोड़ गए हों। 10 मिनट में सरकार बदल गई। (वैसे सरकारें इस से भी कम वक़्त में बदल जाती हैं।)

फूफा आग-बबूला होकर तनतनाते हुए वापस आए और बोले, "तेरी भैंस की पड़िया, साले! यहाँ कौन पूछकर बैठा?"

“क्या हुआ भाई साहब आप ऐसे काहे खों बिगड़ रहे हो?” मामा ने समझाते हुए बोला।

“मैं तुझे बहुत देर से देख रहों हूँ, तेरी निगाह कूलर पर टिकी हुई है, जब इतनों ही शौक़ है कूलर का तो और लगवा लेते। उठो यहाँ से”, फूफा ने दुत्कार कर कहा।

“बदतमीजी मत कर, वो तो जो मेरी भांजी की शादी है, इसलिए लिहाज कर रहो हैं नहीं तो मार-मार के बंदर की सी कर दूँगा। तू जानता नहीं हम कौन हैं। अब मैं बैठा हैं कूलर के सामने, किसी के बाप में दम है तो हटा कर दिखाए”, मामा ने कहा।

सब बाराती लड़ाई को देखने के लिए इकट्ठे हो गए। कमलेश के पापा और चाचा, अपने जीजा को समझाते हुए उनको दूसरे कूलर की तरफ़ चलने को कहते हैं, वहीं रानी के पिता भी उनके साले साहब को समझाते हैं। लेकिन दोनों नहीं सुनते। बात खानदान तक आ गई।

"इस मूरखचन्द ने शेरवानी तक ससुराल से माँगी है, और चौधरी बन रहो है लफंडर साला", मामा ने फिर से तनतनाते हुए बोला।

"आप ऐसे बात मत करो भाई साहब, हमारे जीजा हैं, पूज्यनीय हैं। इनकी तरफ़ से हम माफी माँग लेतें", चाचा ने कहा।

"अरे क्यूँ शर्मिंदा करते हैं समधी साहब, वो तो मुझे कुर्सी खाली दिखी तो आके बैठ गया। पर ये सीधे मुँह बात ही नहीं कर रहो। माफी की कोई बात नाइयाँ, जैसे ये आपके पूज्यनीय हैं। आप हमारे पूज्यनीय हैं। पर भाषा की एक मर्यादा होती है", मामा ने बात संभालते हुए कहा।

फूफा ने आव देखा न ताव और कुर्सी उठा कर फेंक मारी– और फिर छिड़ गया एक घमासान युद्ध। पानीपत की लड़ाई के बाद चम्बल के इलाके का ये एक महत्त्वपूर्ण युद्ध माना गया, खैर सोशल मीडिया में एक बाग़पत की लड़ाई भी देखी गई, पर ये लड़ाई कई मायनों में ऐतिहासिक थी। मामा के बेटे ने फूफा का कुर्ता फाड़ दिया। और इधर फूफा के दोनों बेटे भी लट्ठ ले आए, और मामा का कुर्ता भी फाड़ दिया।

अब लड़की वाले और लड़के वाले दो अलग-अलग गुट, युद्ध में व्यस्त थे।

कमलेश स्टेज पर रूआना-सा हो रहा था। रानी को ये सब देख के गुस्सा आया और उसने पिताजी को बुलाया, और कहा– यहाँ से चलो, ये शादी अब नहीं होगी। लड़ाई अभी भी चल रही थी। गुड्डी बुआ चिंता में थीं, वो बोलीं– "ऐसे कैसे चले जाओगे। मंडप सज गया है, वरमाला हो गई बस फेरे होने हैं।"

रानी ने कहा, "आपको परिवार लड़ाकू है, मुझे ऐसे परिवार में नहीं आना।" इस बात का गुड्डी बुआ के पास कोई उत्तर नहीं था। मामा को

बुलाया गया। रानी ने चलने की बात कही। पर युद्ध था कि थमने का नाम नहीं ले रहा था। शादी टूट जाने से युद्ध में नया रोमाँच आ गया था।

यहाँ कमलेश रोने लगा। "रानी मत जाओ, मेरी थूथू हो जायेगी। अब कौन शादी करेगा मुझसे।" पर रानी मन बना चुकी थी, माना जाता है गाँव में शहरी नारीवाद बनिया समुदाय में सर्वप्रथम आया। बात भी सही थी आख़िर वो ऐसे घर में वो कैसे चली जाए जो इतना कलेशी है। "हम ये शादी नहीं कर सकते कमलेश, आपके घरवाले मेरे मामा का सम्मान नहीं कर सकते तो मेरा सम्मान क्या ही करेंगे।"

लाख मनाने के बाद भी रानी नहीं मानी और वो और उसका परिवार वहाँ से चला गया। जैसे-तैसे समझाने के बात लड़ाई संभली, और सारे मेहमान एक-एक करके चले गए। गुड्डी बुआ और हल्कू, कमलेश को संभालते हुए उसको कमरे में ले जा रहे थे।

फूफा उसको देख कर थोड़े दया भाव में आ गया, लेकिन फूफा तो फूफा था, वो सबकुछ भूल कूलर में बैठा रहा, और सो गया। हल्कू कमलेश को संभालते हुए बोला, "यार फूफा ने औकात दिखा दी।"

■

बिगड़ी लड़की

अमन पहले भी कई बार श्रेया के घर आया था। वह रुका भी था, और दोनों ने घंटों बातें की थीं। लेकिन श्रेया के मन में कभी यह ख़याल नहीं आया कि वह अमन से शादी करने की बात करे। यह एक ऐसा मज़ाक़ था, जो दरअसल वह ख़ुद के साथ करना चाहती थी।

आज, कई हफ्तों बाद, जब अमन उसके घर आया, सोफे पर बैठा अख़बार पढ़ रहा था, और श्रेया सिगरेट का पहला कश लेने के बाद अपना निचला होंठ दांतों में भींचे टेबल से सटी उसे देख रही थी, तो उसने यह सवाल पूछ लेना अपना फ़र्ज़ समझा:

"अमन, मैं तुम्हें कैसी लगती हूँ?"

"हॉट", अमन ने बिना उसकी तरफ़ देखे जवाब दिया।

अलबत्ता, अमन के इस जवाब में कोई आनंद या रोमांच नहीं था। यह जवाब, श्रेया के साथ उसकी दोस्ती का परिचायक था। श्रेया इस जवाब के पीछे के शून्य भाव को भली-भांति समझती थी।

गहरी साँस भरते हुए श्रेया बोली, "यार! माँ ने लड़कों की लिस्ट भेजी है। फ़ोटो पर फ़ोटो। मैं तो तंग आ चुकी हूँ। मन करता है, किसी के लिए भी हाँ कर दूँ। मुझे तो कुछ भी समझ नहीं आता। तुम बताओ, शादी करोगे मुझसे?"

अमन ने थोड़ा ठहरकर पूछा, "क्या सुनना चाहती हो?"

"जो तुम कहो," श्रेया ने तत्परता से जवाब दिया।

श्रेया के इस गंभीर और हाज़िर जवाब ने अमन को थोड़ा चौंका दिया। वह कुछ पल रुका और फिर इस मज़ाक़ का एक तार्किक उत्तर देने लगा, जिसकी शायद ज़रूरत ही नहीं थी।

"देखो श्रेया, हम रिश्तेदारी में, भले ही बहुत दूर के सही, लेकिन रिश्तेदार हैं। और मैं अभी सिर्फ़ एक UPSC एस्पिरेंट हूँ। तुम एक मल्टीनेशनल कंपनी में डेटा इंजीनियर हो, लाखों कमाती हो। हमारा क्या मेल है? और ऊपर से, मैं तुमसे उम्र में दो साल छोटा भी हूँ।"

श्रेया ने हाथों को बाँधते हुए कहा, "कितने पैट्रिआर्कल हो, तुम्हें ये डर है कि कमाऊ बीबी होगी, ख़र्चा उठाएगी तो ईगो हर्ट होगा ही। ऐस्होल।"

अमन ने हँसकर कहा, “ऐसा ही कुछ समझ लो।”

श्रेया सब कुछ जानती थी, और ये भी कि अमन से उसे शादी नहीं करनी है– इसलिए नहीं कि अमन उसका कोई दूर का रिश्तेदार है बस इसलिए कि अमन से उसे बहुत प्रेम था, लेकिन इस प्रेम में रोमाँस नहीं था, एक गहरी दोस्ती थी और एक जीवन भर के सहारे की चाह।

पर अमन का ये जवाब उसे ऐसा लगा जैसे उसे किसी ने बुरी तरह दुत्कारा हो।

श्रेया ने गुस्से में कहा, "ये इतना बेइज़्ज़ती करने की क्या ज़रूरत है? इतनी भी बूढ़ी नहीं हुई हूँ मैं, तैंतीस कोई उम्र हुई भला? और काफ़ी यंग लड़के लाइन मारते हैं।" यह कहते हुए उसने अपनी सिगरेट बुझा दी और अपना फ़ोन निकालते हुए उसे दिखाया।

"ये देख, ये लड़का है पुणे का है, इसका अपना फैमिली बिज़नेस है। बहुत अमीर है, मैं वहीं शिफ्ट हो जाऊँगी पुणे, और मेरा तो वैसे भी वर्क फ्रॉम होम हो जाता है। क्या बोलता है?", श्रेया गंभीर होकर पूछती है। अमन अभी श्रेया के गुस्से भरे एकालाप से उबर ही रहा था कि उसने एक और धर्मसंकट में डाल दिया। वह थोड़ा झिझकते हुए बोला,"ठीक है, कर दो हाँ।"

"है न, मैं भी यही सोच रही थी। ये रोज-रोज के माँ के फ़ोन से छुटकारा मिलेगा।"

अमन गंभीरता से सोचने लगा, फिर थोड़ी देर शांत रहकर बोला, "तुम्हें अकेलेपन के कारण शादी करनी है क्या? थोड़ा इंतज़ार कर लो, कोई न कोई अच्छा मिल जाएगा। वक़्त के साथ कुछ बेहतर होने की संभावनाएँ रहती हैं। मुझे तुम्हारे निर्णय में जल्दबाज़ी दिख रही है।"

"बेबी, मैं तेरे जैसी नहीं हूँ, मुझे अपने ऊपर काम करने का वक़्त नहीं मिल पाता। मैं तुझसे ही ये सब कह पाती हूँ। मैं अब बहुत ही अनाकर्षक और अकेली हूँ। रंग गोरा होने से अच्छे लड़के नहीं मिलते, उसमें एफर्ट्स लगते हैं। ख़ासकर जब तुम एक उम्र पार कर लेते हो और कॉर्पोरेट लाइफस्टाइल में जी रहे हो, और हुक अप्स करने की हिम्मत मेरी है नहीं," श्रेया ने तत्परता से कहा।

अमन थोड़ा मुस्कुराया और बोला, "ठीक है, कर लो।"

"ऐसा कुछ नहीं है, और फिर तुमने प्रेम तो किया ही है। अभिषेक के साथ तो तुम्हारा प्रेम था ही।"

"नहीं, जानेमन, बस लस्ट थी जो एक महीने में ख़त्म हो गई।"

"तुम से कौन जीत सकता है," अमन ने हँसकर कहा।

अमन के जाने के बाद, श्रेया अपने जीवन के उन दिनों के बारे में सोचने लगी, जब उसे किसी से प्यार हुआ था। स्कूल के दिनों में, उसे अपने गाँव के नीरज से प्रेम था, जो शायद उसके अपने पिता से विद्रोह का भी नतीजा था। वह उनके खेत में काम करता था और उम्र में उससे दस साल बड़ा था। गर्मी की छुट्टियों में जब भी वह घर आती, नीरज ही उसे खेतों में घुमाता। वह हर साल गर्मियों का इंतज़ार करती। वह नीरज को किसी फिल्म का अभिनेता और ख़ुद को एक अभिनेत्री समझती। लेकिन नीरज के लिए वह बस उसके मालिक की बेटी थी। जबकि श्रेया मानती थी कि वो सिर्फ़ नीरज की है, नीरज का उसको नज़रअंदाज़ करना उसे अपने आप में सीमित करता चला गया। उसे लगता कि प्रेम करना एक अपराध है, क्योंकि वह इंसान जो उसके घर के किसी भी व्यक्ति की बात नहीं टालता, वो अपनी श्रेया को लेकर भावनाओं की कद्र कैसे कर पाएगा।

जीवनभर श्रेया प्रेम को विद्रोह समझती रही, जब घर से दूर दिल्ली आई, और एक विद्रोही जीवन जीने लगी तब प्रेम नाम का विद्रोह, विद्रोह नहीं रहा। अपने आप को संभाल पाना, पैसे कमाना और दुनिया घूमना– ये सारे विद्रोह उसको जीवन की ऊब में विलीन करते गए।

नीरज के बाद, श्रेया को कभी प्रेम नहीं हुआ। कुछ मर्द उसके जीवन में आए थे, लेकिन उनका आना और जाना प्रेम के एहसास जैसा नहीं था। ऐसे ही अभिषेक भी उसके जीवन में आया और चला गया।

अभिषेक का जीवन में आना एक ख़याल जैसा था। जब वह कॉलेज में थी, तब अभिषेक से मिली थी। एक ऐसा लड़का, जिसको बस नशा करना था, दिन भर, रात भर। उसे सब पता था कि कहाँ, कौन-सा और कैसा माल मिलता है या कौन-सी दारू मिलती है। चरस फूँकने की दुनिया में कितनी विधियाँ हैं। गाँजा पीने के कितने फ़ायदे हैं। LSD और मशरूम करने के विकल्प कहाँ उपलब्ध हैं। अभिषेक दुनिया का हर नशा करना चाहता था।

पर श्रेया को क्या करना था, उसे नहीं पता था।

वह अपने बेडरूम में लेटे हुए पंखे की तरफ़ ताकते हुए सोचती रहती है। ऐसी ही एक रात थी, जब अभिषेक उस पर चिल्लाया था। श्रेया ने उसके बनाए हैश पर ग़लती से पानी गिरा दिया और अभिषेक बोल पड़ा, "ब्लडी बिच! एक ही जॉइंट का माल बचा था, कहाँ से लाऊँगा अब? यू जस्ट वॉन्ट टू फक, नथिंग एल्स", और उसकी तरफ़ बढ़ा।

श्रेया को उसमें एक वहशी दरिंदा दिखा, वह सोच नहीं पा रही थी कि उसे क्या चाहिए। उस समय श्रेया एक ज़िंदा लाश थी। वह ऐसे ही किसी पंखे को देख रही थी, जबकि उसके ऊपर अभिषेक था। आँसुओं की धार उसकी आँखों से ऐसे बह रही थी जैसे कोई नदी झरने से झर रही हो। उसकी बरौनियाँ इतनी गीली हो चुकीं थीं कि जब भी पलकें झपकाती तो हर छुअन का गीलापन उसके पलकों के नीचे चिल्मिलाती खुजली बनके उभर जाता। वो आँखों के आँसुओं को पोंछ भी नहीं पा रही थी।

उस वक़्त जैसे उससे किसी ने जीवन जीने की चाह ही छीन ली थी। उस समय जो शारीरिक सुख वो पा रही थी उनकी चोटें उसके मन में गहराती चली जा रहीं थीं।

उसे आज भी वो समय याद आता है जब उसका शरीर संभोग की चाह में, उसके मन को धोखे पर धोखे दिए जा रहा था। वह क्यों ऐसी दुनिया में थी, उसे पता नहीं था, पर कॉलेज के लगभग हर दिन वह ऐसी ही किसी दुनिया में पहुँच जाती थी।

सुबह आठ बजे जब अभिषेक अपने कपड़े समेटे जाने लगा, तो उसे उससे कुछ कहने की हिम्मत नहीं हुई। आज वह सोचती है कि उसने कई महीने अभिषेक की याद में काटे, उसके इंतज़ार में काटे, क्या उसे कभी अभिषेक से प्रेम हुआ था? क्या बस उसकी आज़ादी उसे पसंद थी? वह क्या था, आज भी इसका जवाब श्रेया के पास नहीं है।

अगले दिन, सुबह जब माँ का फ़ोन आया, तो श्रेया ने कह दिया कि वह शादी के लिए तैयार है। परिवार में जैसे ख़ुशी की कई लहरें दौड़ पड़ीं। पुणे के टेक्सटाइल जायंट, धीरज सेठ के परिवार में बियाहे जाने का घमंड उनके परिवार में एक नई ऊर्जा ले आया।

अनुज सेठ, धीरज सेठ का एकलौता बेटा था। देखने में एकदम किसी फिल्म अभिनेता की तरह, और बात करने में बहुत शालीन। ऐसा लगता था मानो शब्दों को वह काफ़ी मितव्ययता से ख़र्च करता था। अनुज की माँ भी शादी को लेकर बहुत ख़ुश थी, श्रेया जैसी बहू उनके लिए भी ट्रॉफी बहू थी।

श्रेया भी अनुज को देख, बस देखती रहती। प्रेम करने के लिए एक सुंदर मर्द होना, उसे अपने दोस्तों में एक अलग ओहदा दे गया। उसे हमेशा एक प्रेमी न होने का ख़लिश रही। उसे अनुज से प्रेम नहीं था, पर जानने की एक गहरी इच्छा थी। उसके साथ वह हर समय बिताना चाहती थी, घूमना, हर काम करना, सब कुछ, और यह तब तक करना चाहती थी जब तक वह अपने अकेले जीवन में अनुज का साथ स्थापित ना कर दे।

शादी की तारीख़ इतनी जल्दी आ गई कि उसे अनुज से ठहरकर बात करने का मौक़ा भी नहीं मिला। शादी के दो दिन पहले, उसे इंस्टाग्राम पर तीन मैसेज आते हैं, जिनमें से एक कहता है कि शादी मत करो, दूसरा कहता है, "मुझे तुमसे बात करनी है।" उसे लगा कोई अनुज की ठुकराई पुरानी प्रेमिका, उसे कुछ कहना चाहती है, लेकिन श्रेया ने एक बार मन बना लिया तो वह किसी की नहीं सुनती। उसने अभिषेक के 100 से अधिक मैसेज को आज तक नहीं पढ़े क्योंकि वह उसे अपनी ज़िंदगी में नहीं चाहती थी।

आज शादी के बाद की पहली रात है, और अनुज उसके पास बैठा है। श्रेया को एहसास होता है कि उसकी शादी हो चुकी है। अनुज एकदम चुप, उसकी ओर देखे जा रहा था।

"कैसे सब कुछ जल्दी में हो गया पता भी नहीं चला, तुम भी एक्साइटेट हो न अनुज?"

अनुज दबी-सी मुस्कान के साथ बोला, "हाँ मैं भी एक्साइटेट हूँ" पर उसकी मुस्कान में श्रेया को वो सहजता नहीं दिखी। शायद उसकी मर्दों की समझ कम है? क्या मर्द ऐसे ही होते हैं? अजीब!

अमन तो ऐसा नहीं है, वो तो बहुत सहज है– अपने आप में ख़ुश।

एक समाज से कटकर, मर्दों को अपनी निजी ज़िंदगी में दाखिल किए बिना श्रेया ने एक दशक बिता दिया था और ऐसे में अपनी समझ पर संदेह होना लाज़मी था।

अनुज उसको इतना अजीब क्यों लग रहा है, उससे शादी से पहले जब बात हुई थी तब तो वो एक सॉफ्ट, शांत और सहज लड़का लग रहा था। और आज जब वो उसे देख रही है तो एक बेचैन, जैसे कोई एँजाइटी से भरा अनजाना-सा मर्द, ऐसा मर्द जिससे वो आज तक नहीं

मिली पर आज उसे उसके साथ सोना है। श्रेया के लिए शरीर से अधिक मन का मिलन– और किसी के साथ होने की सजीवता का एहसास ज़रूरी था।

"क्या मैं तुम्हें चूम सकता हूँ", अनुज ने थोड़ी और असहजता से पूछा जैसे वो सोच रहा हो कि श्रेया उसे मना कर देगी।

श्रेया थोड़ी देर उसकी ओर देखती रही मानो किसी टीनएज बच्चे को देख रही हो। उसका मन किया कि वो उस पर ज़ोर से चिल्लाए।

क्या यही अनुज है? जिसके बारे में वो सोचा करती थी। जिसे देख कर उसके पेट मे तितलियाँ दौड़ रहीं थीं और वो उनके पीछे-पीछे भाग रही थी। क्या ऐसे होते हैं, सुंदर मर्द?

श्रेया ने कहा, "बिल्कुल चूम सकते हो", और एक बहुत ही असहज प्रेम विहीन चुम्बन हुआ।

श्रेया ने अनुज को रोकते हुए कहा, अनुज क्या हम थोड़ा एक-दूसरे को वक़्त दे सकते हैं, "मैं अभी तैयार नहीं हूँ।"

अनुज थोड़ा तनकर बोला, "क्या हुआ! हमारी शादी हो चुकी है।"

श्रेया भी हाजिर जवाबी में बलपूर्वक बोली, "हाँ पर मैं अभी सहज नहीं हूँ, मुझे कुछ वक़्त चाहिए।"

अनुज थोड़ा डर गया और बोला, "मुझे माफ कर दो, मैं सोफे पर सो जाऊँगा।"

श्रेया ने उसको रोका और बोली, "नहीं नहीं, तुम यहीं सो सकते हो पर मुझे छुओगे नहीं।"

और दोनों एक-दूसरे की तरफ़ पीठ करते हुए लेटे रहे। श्रेया को नींद नहीं आई और वो अपने आपको कोसती रही कि उसने शायद

जल्दबाजी में ग़लत निर्णय ले लिया है। अनुज ऐसा कैसे व्यवहार कर सकता है? हम अब बच्चे नहीं हैं कि कामुकता के शोर में एक-दूसरे की सहजता को दरकिनार कर दें।

थोड़ी देर में अनुज उसकी ओर मुँह करके, उसको घूरने लगा, श्रेया एकदम डर गई, उसने अनुज से पूछा– "तुम्हें कुछ चाहिए?"

अनुज ने कुछ जवाब नहीं दिया।

श्रेया ने थोड़ी साँस भरी और फिर से पूछा, "अनुज आप ठीक हैं? आपको कुछ चाहिए?"

अनुज कुछ सुन नहीं रहा था, श्रेया एकदम से खड़ी हो गई और जाने लगी अनुज एक मिनट तक उसको देखता रहा और फिर पीछे से आके उसका हाथ पकड़ लिया।

श्रेया ने ज़ोर से बोला, "लीव मी, नहीं तो मैं ज़ोर से चिल्लाऊँगी।" और उस कमरे से निकलकर किसी दूसरे कमरे में आ गई, इतनी रात को किसी को जगाना उसे ठीक नहीं लगा और वो सो गई। आधे घंटे तक अनुज उसका गेट ठकठकाता रहा, पर उसने नहीं खोला। श्रेया कितनी साहसी और निडर है, इसका अहसास उसे आज हुआ।

अगले दिन सुबह वह अपने कमरे में गई और सूटकेस जमा कर नीचे हॉल में ले आई।

श्रेया ने अपनी सास से कहा, "मैं जा रही हूँ, मैं आपके बेटे के साथ नहीं रह सकती।"

उसकी सास भी बहू की इस बात से सकते में आ गई थी, और श्रेया के कंधे पर हाथ रखकर उसे दिलासा देते हुए पूछने लगी, "बेटा, हुआ क्या? अनुज में थोड़ा बचपना है, ये तो मैं जानती हूँ। इसी ने ही कुछ किया होगा।"

“हुआ क्या! ये मुझे रात को ऐसे देख रहा था जैसे मार डालेगा,” श्रेया ने अपने आँसू रोकते हुए कहा।

“बेटा, तुझे कोई ग़लत-फ़हमी हो गई होगी,” सास ने यह कहते हुए, अनुज की तरफ़ देख कर उससे पूछा, “क्या कह रही है श्रेया? तेरी अक्ल ठिकाने पर है, बीबी है तेरी। कब बड़ा होगा तू?”

अनुज थोड़ा सहमकर बोला, “श्रेया सोते हुए काफ़ी सुंदर दिखती है, मैं बस वही देख रहा था।”

यह सुनकर सास एकदम हँस पड़ी, बोली, “ओह हो! तो ये बात है। तू तो जानती है न बेटी, मर्दों को सुंदर स्त्री दिख जाए तो कैसे लट्टू हो जाते हैं, वही हुआ है इसके साथ भी, और तू है भी तो इतनी सुंदर। कोई भी दीवाना हो जाए।”

श्रेया के लिए ये बातें मायने नहीं रख रही थीं, वह अभी भी भाग जाना चाहती थी, पर फिर उसके माँ-पापा क्या सोचेंगे? वे तो इस बात से घबरा ही जाएँगे कि उनकी बेटी शादी के अगले ही दिन ससुराल छोड़कर आ गई है।

इसलिए उसने कुछ और दिन इंतज़ार करने का मन बना लिया।

श्रेया ने गंभीर स्वर में कहा, “मैं रुक जाऊँगी, पर अलग कमरे में रहूँगी।”

थोड़ी आनाकानी के बाद सास मान गई। बहू कम-से-कम घर की बात को घर में ही रखना चाहती है, ज़्यादा बखेड़ा करने वाली नहीं है। सास को संतोष था क्योंकि उसे ऐसा कुछ होने की आशंका तो थी, पर ये अंदाज़ा नहीं था कि ये सब शादी के अगले दिन ही हो जाएगा।

श्रेया की सास ने उसे दूसरे कमरे में शिफ्ट करवा दिया। अगले एक-दो दिन ऐसे ही गुजर गए। एक दिन, जब वह डाइनिंग हॉल में लंच के लिए आई, तो अनुज उसकी ओर फिर से घूरने लगा, जैसे वह उसे पहचानता ही नहीं हो। श्रेया बहुत असहज महसूस कर रही थी, पर उसने कुछ कहा नहीं। अनुज ने धीरे से अपनी माँ से पूछा, "यह लड़की कौन है?"

श्रेया ने जब बात सुनी, तो उसके पैरों से जमीन खिसक गई, उसने कहा , "व्हाट नान्सेन्स ?"

श्रेया की सास ने बात संभालते हुए कहा, "अरे बेटा, ये मज़ाकिया है," और उसकी पीठ पर एक थपकी मार कर कहती है, "तू पागल है क्या, ऐसा मज़ाक़ कोई करता है, तेरी बीबी है ये," और हँसने लगी।

श्रेया वहाँ से उठकर चली गई और अपने कमरे में बैठकर अपना काम करने लगी। वो रोए जा रही थी। उसी बीच उसने अपने इंस्टाग्राम पर कुछ मैसेज देखे।

रितिका नाम की लड़की ने उसे सात मैसेज किए हुए थे। उसने उन मैसेज को पढ़ा:

"हेलो"

"होप यू आर डूइंग फाइन"

"प्लीज डोंट गेट मैरिड टू अनुज"

"इट इज़ वेरी फिशी"

"मैंने अपनी सगाई तोड़ ली थी"

"डोंट डिस्ट्रॉय योर लाइफ"

"लिसन टू मी"

श्रेया का ये सब देखकर दिमाग़ ख़राब हो गया। उसके दिल की धड़कनें बढ़ने लगीं। उसे कुछ भी समझ नहीं आ रहा था कि वो क्या करे, कहाँ जाए। उसकी इन मैसेज का जवाब देने की भी हिम्मत नहीं हुई। उसे बस अब अमन की याद आ रही थी। अमन होता तो बात संभाल लेता, और मुझे इस सब से निकाल लेता। उसने अमन को फोन किया।

"हेलो अमन, मैं किसी बहुत बड़ी मुसीबत में फंस गई हूँ, अनुज को कुछ साइकोलॉजिकल प्रॉब्लम है, शायद। मेरे साथ कोई फ्रॉड हुआ है। मैं किसी बहुत बड़ी मुसीबत में हूँ। मुझे बचा लो दोस्त," श्रेया ने रोते हुए कहा।

अमन ने सब ध्यान से सुनते हुए कहा, "रिलैक्स! रिलैक्स! फ़िक्र मत करो। मुझे पता है कि तुम कोई ना कोई रास्ता निकाल लोगी।"

"मुझे डर लग रहा है, सब कुछ ख़त्म-सा लग रहा है। मैं इतनी बड़ी बेवक़ूफ़ी कैसे कर सकती हूँ?" श्रेया ने कहा।

अमन थोड़ा रुक गया और बोला, "ये तुम क्या कह रही हो श्रेया? तुम तो ऐसी नहीं थीं, कितनी परेशानियों से तुमने मुझे उबारा है, और तुम्हें तो अकेले रहना भी आता है। इससे बड़ी ताकत आज के ज़माने में कोई और नहीं, तो किस बात से डर रही हो। कुछ ख़त्म नहीं हुआ है, सब कुछ तो वैसा ही है और कहीं पहुँच जाने के बाद वापस भी तो आया जा सकता है न।"

श्रेया को थोड़ी राहत मिली। अमन के शब्दों ने श्रेया के सिर से जैसे कोई भार हटा दिया।

वो अमन की चुटकी लेते हुए कहती, "तू ब्रेकअप कर ले अपनी बंदी से और मुझे भगा ले चल, तुझे ज़िन्दगी भर प्यार करूँगी। मैं बहुत अच्छी बीबी बनके दिखाऊँगी"

अमन भी हँस पड़ा और बोला, "ठीक है, करता हूँ जुगाड़। लोन के लिए अप्लाई करता हूँ। ख़ुद को गिरवी रखूँगा तभी तुमसे शादी कर पाने की जुर्रत कर पाऊँगा।"

दोनों ने आधे घंटे अपनी मित्रता की गहराई को टटोलते हुए बातें की। अमन से बात करते ही श्रेया में नयी ऊर्जा आ गई थी, अब वो बोझिल नहीं महसूस कर रही थी। पर इतनी धीमी ज़िंदगी की रफ्तार इतनी तेज़ हो जाएगी उसके लिए श्रेया तैयार नहीं थी। पल-पल ज़िंदगी बदल रही थी।

वो अनुज को अब कंफर्ट करना चाहती थी, वो जानना चाहती थी कि अनुज को क्या दिक्कत है।

अगले दिन उसने अपनी सास से कहा कि उसे अनुज के साथ एक हफ्ते के लिए माल्डिव्स जाना है। कोई और लड़की होती तो शायद इस सबके बाद किसी ऐसे मर्द के साथ बाहर जाने की हिम्मत नहीं करती पर श्रेया ने मन बना लिया था कि उसको जानना है, आख़िर अनुज के साथ बात क्या है? क्यों एक इन्डस्ट्रीयलिस्ट के परिवार ने एक आम परिवार की लड़की को बियाह लिया?

इस सवाल के जवाब में उसकी सास ने टालने की कोशिश की, और बोला कि, "अनुज मेरे बिना अक्सर कहीं जाता नहीं, उसे अच्छा नहीं लगता। अपनी माँ से उसे बहुत लगाव है।"

पर वो जिद्द पर अड़ी रही तो उसकी सास ने कहा, कि क्यों न तीन दिन के लिए वो गोवा के पास के उनके एक फार्म हाउस पर चले जाएँ। श्रेया मान गई– यहाँ श्रेया भी सुरक्षित थी।

अगले ही दिन में वो लोग गोवा पहुँच गए, श्रेया ने पूरा मन बना लिया था कि वो अनुज से उसकी बीमारी की बात करेगी। पर श्रेया

के मन में एक डर भी था कि कहीं वो कुछ करने की हिम्मत ना करे। इसलिए उसने एक चिली स्प्रे भी रख लिया। ये सब काफ़ी अजीब था कि उसे अपने ही पति से सुरक्षा का इंतजाम करना पड़ रहा था।

अनुज और श्रेया साथ में काफ़ी घूमे, बीचों पर गए, फोटोज लीं, शराब पी। हर बार, वो जहाँ भी जाती, श्रेया उस से सवाल करना चाहती, पर कर नहीं पाती। किसी व्यक्ति के साथ वह प्रेम की परिधि पर बहुत सालों बाद मिल रही थी। यहाँ अनुज काफ़ी आम लग रहा था, मानो कुछ है ही नहीं, सबकुछ जैसे बस उसका एक भ्रम मात्र था।

जैसे ही वे कमरे पर आए, श्रेया और अनुज एक-दूसरे के साथ चुम्बन करने लगे। जैसे-जैसे प्रेम करने की प्रक्रिया में आगे बढ़ रहे थे, अनुज एक अनाड़ी-सा जान पड़ रहा था, पर श्रेया को उससे फ़र्क़ नहीं पड़ता था। उसे इस प्रक्रिया में मज़ा आ रहा था। अनुज वह मर्द था जिसके साथ वह प्रेम करना चाहती थी, साथ वक़्त बिताना चाहती थी– आज वैसा ही कुछ हो रहा था।

पहला दिन बहुत अच्छा बीत जाने के बाद जब वो अगली सुबह उठती है तो पाती है अनुज एकदम नग्न कुर्सी पर बैठा उसकी तरफ़ देखे जा रहा है, श्रेया का डर सातवें आसमान पर था, उसने पहले तो आँखें बंद कर लीं, और जब खोलीं तो अनुज वहीं उसी मुद्रा में बैठा हुआ था।

वो एकदम से उठी, और कपड़े पहनने लगी लेकिन अनुज उसी मुद्रा में बैठा रहा। डर में श्रेया ने अपने पर्स से चिली पाउडर निकाला और अनुज के मुँह पर फेंक मारा। अनुज जलन से कराहने लगा।

श्रेया उठी और बाहर चली गई। और रूम सर्विस से सारा सामान पैक करवा कर लॉबी में बैठ गई।

अब श्रेया अनुज को कंफ्रंट करने वाली थी। जैसे ही अनुज आया, श्रेया ने सवालों की बौछार कर दी। "तुम्हारी क्या प्रोब्लम है?", "आर यू मैड?", "तुम एक साइकोपैथ की तरह मुझे क्यूँ देखते हो?"

अनुज एकदम डर गया, उसने बोला, "घर चल कर बात करते हैं।"

श्रेया नहीं मानी उसने कहा, "मुझे यहीं अभी जानना है कि तुम्हारी दिक्कत क्या है, तुम इतना अजीब व्यवहार क्यों करते हो। कभी एकदम जेंटलमैन होते हो तो कभी एकदम अजनबी। माजरा क्या है भाई। क्या इसीलिए शादी की थी तुमने?"

अनुज ने कहा, "घर चलो, वहाँ तुम जो जानना चाहोगी, जान लेना। जो चाहो कर लेना। मैं आज बीमार हूँ, प्लीज़ बात मान जाओ।"

श्रेया को इस बात का अपराध बोध तो था ही कि अगर अनुज मानसिक रूप से बीमार है तो उसके साथ भी ये ज़्यादती ही है। पर इस समय वो किसकी सुने? अपने ज़मीर की, अपने दिल की या समाज की? उसको समझ नहीं आ रहा था।

अनुज और श्रेया घर आ गए। श्रेया ने जैसे ही घर में कदम रखा उसने अपनी सास को बुलाया और अनुज के बारे में पूछा-

"आप लोगों ने मुझे अंधेरे में रखा, आपकी क्या दिक्कत है, आप लोग मुझसे क्या छुपा रहे हैं? आपलोग अमीर हैं तो क्या सबकुछ ख़रीद लोगे? आपने मेरी ज़िंदगी ख़राब करने की साजिश की है। मुझे जानना है सब कुछ। नहीं तो मैं पुलिस को बुलाऊँगी।"

सास ने बात संभालते हुए कहा, "अनुज को डिसोसिएटिव पर्सनेलिटी डिसऑर्डर है, पर इतना सिवियर और ख़तरनाक नहीं है। दवाइयों से सब कंट्रोल रहता है। हाँ, कभी-कभी कुछ चीजें भूल जाता है, पर तुमने देखा तो था ही, कि सब कंट्रोल हो जाता है।"

श्रेया सोफे पर बैठकर रोने लगी। उसे कुछ भी रास्ता दिखाई नहीं दे रहा था– कहाँ जाए, क्या करे। उसने अपनी सास से कहा कि वह कुछ दिन दिल्ली जाना चाहती है और उसकी सास ने भी हामी भर दी।

उसी दिन वो पुणे से दिल्ली आ गई और अमन के पास पहुँचते ही उसे गले लगकर रोने लगी। उसने अमन को सारी बात बता दी। अमन ने इत्मीनान से सुना और पूछा, "अब तुम क्या करना चाहती हो?"

श्रेया बोली, “मैं बस उस नर्क में वापस नहीं जाना चाहती। मैंने बहुत कुछ सहा है, मुझे नहीं पता था कि मुझे धोखा मिलेगा। मैं बहुत बड़ी पागल थी जो इस झंझट में फँस गई। मैं इसके लिए बनी ही नहीं हूँ। मुझे अंधेरे में रखा गया था, अमन।”

अमन ने उसके आँसू पोंछते हुए कहा, “ठीक है, कुछ दिन रुको और अपने माँ-बाप को बता दो। हम कुछ दिनों में किसी डाइवोर्स लॉयर से बात करके तलाक़ की प्रक्रिया शुरू करेंगे। पर ये मत कहो कि तुम्हारे साथ ग़लत किसी और ने किया है। तुम अपनी ज़िंदगी की ज़िम्मेदारी ख़ुद उठाते आई हो और यहाँ भी तुम्हें अकेले ही लड़ना है।”

श्रेया कुछ कह नहीं पाई, उसके पास जवाब नहीं था। बस लग रहा था मानों किसी एक्स्प्रेस ट्रेन में बैठी है और पल-पल नया स्टेशन आ रहा है।

जैसे-तैसे दिन गुज़रे। जब श्रेया ने अपनी माँ को बताया, तो वो भी बहुत आहत हुईं। अपनी इकलौती बेटी के जीवन में यह सब होगा, उन्होंने कभी सोचा नहीं था। फिर भी, वो चाहती थीं कि श्रेया वापस लौट जाए और अपना परिवार संभाल ले। माँ, चाची, चाचा, ताई, ताऊ– न जाने कितने ही रिश्तेदारों ने उसे लौट जाने की हिदायत दी। लड़की को शादी के बाद उसके ससुराल में ही रहना चाहिए, और अगर वो वह छोड़ती है तो मध्यम वर्गीय परिवार में ऐसा होना एक विद्रोह ही है।

श्रेया को उसकी दूर की बुआ की कहानी सुनाई गई कैसे वो अपने बच्चों के सहारे जीतीं रहीं जबकि उनके पति को काफ़ी गंभीर मानसिक समस्याएँ थीं। लेकिन श्रेया को ऐसा नहीं करना था। एक पल के लिए उसके मन में आया कि वो लौट जाए, क्योंकि अनुज को उसकी ज़रूरत है, पर अब नहीं। उसके अंदर अनुज को लेकर जो सहानुभूति पनप रही थी वो ख़त्म हो चुकी थी। उसके लिए अनुज के पास लौटने का एकलौता कारण उसके अपने नैतिक मूल्य ही हो सकते थे। पर श्रेया के साथ जो अनुज के परिवार ने किया उस से वो सब ख़त्म हो गया।

श्रेया के साथ धोखा हुआ था, जिसने उसके आत्म-सम्मान को गहरी ठेस पहुँचाई थी। अगर उसे पहले से यह सब पता होता, तो शायद वह अनुज के पास वापस जा पाती, पर अब वह नहीं कर सकती थी। अब वह अपने पुराने जीवन में लौट आई थी। शादी उसके लिए बस एक डरावना सपना बनकर रह गई थी।

जब वह दस दिनों तक घर नहीं लौटी, तो अनुज के परिवार ने उसके खिलाफ पुलिस में रिपोर्ट दर्ज करवा दी, कि वह गहने और पैसे चुराकर भागी है। श्रेया सिगरेट और शराब पीती है, यह सब उसके चरित्र को बदनाम करने के लिए काफ़ी था।

रिश्तेदारों के बीच उसकी बदनामी और अपमानजनक बातें होने लगीं। यह स्थापित हो गया कि श्रेया एक बिगड़ी लड़की है। पर अब तक श्रेया हर सदमे से उबर चुकी थी और वो हर लड़ाई के लिए तैयार थी। उसने इस अपमान को भी सहन कर लिया, और तलाक़ के लिए अड़ी रही।

एक साल की जद्दोजहद के बाद तलाक़ भी मिल गया।

आज श्रेया आज़ाद है। और वहाँ खड़ी है जहाँ पहले थी, उसका अपना घर, उसकी खिड़की जहाँ खड़े होकर वो सिगरेट पी रही है, और अमन अख़बार पढ़ रहा है।

हूबहू वैसा द्रश्य, जैसा सबकुछ शुरू होते वक़्त था। इतना कुछ बदल गया फिर भी कुछ नहीं बदला– ऐसा लगा मानों वह एक लंबी रात के बाद सुबह उठी है।

अमन अब नौकरी करने लगा था। उसने UPSC का सपना छोड़ दिया, और एक एनजीओ में काम करना शुरू कर दिया था। श्रेया सिगरेट का धुआँ छोड़ते हुए कहती है, "मुझे तुम्हारी बात मान लेनी चाहिए थी।"

अमन ने हँसते हुए जवाब दिया, "तुमने बात न मानकर अच्छा किया, कभी-कभी ठोकर खाकर ही जीवन समझ आता है।" तुमने भी तो कई बार मुझे कहा कि किसी एग्जाम की तैयारी में सब कुछ कुर्बान नहीं करना चाहिए, बिना ये जाने कि मेरा इस सब से हासिल क्या है? ऐसा ही होता है। कुछ गलतियाँ होनी ही होतीं हैं उनके हुए बिना हमें अकल नहीं आती।"

श्रेया भी मुस्कुराने लगी, उसने फिर पूछा, "तुम्हें लगता है मैंने जो किया सही किया, क्या मैंने अनुज के साथ कुछ ग़लत किया? मेरी माँ कहती है कि मुझे अब कौन बियाहेगा, मैं इतनी सुंदर भी तो नहीं रही। ऐसे सवाल मेरे आत्म सम्मान में जैसे छुरा चलाते हैं।"

अमन ने थोड़ा सोचा और एक पूरे मिनट की नीरवता के बाद कहा, "देखो श्रेया, सब नज़रिए का फ़र्क़ है, पर एक बात सबको समझने की ज़रूरत थी कि तुम्हें धोखे में रखा गया। और तुम्हारा निर्णय तुम्हारे

अनुसार नैतिक था। दूसरे क्या सोचते हैं तुम्हें इस से कुछ भी फ़र्क नहीं पड़ना चाहिए। मुझे नहीं लगता, तुमने किसी के साथ ग़लत किया।"

श्रेया अमन की तरफ़ देखते हुए पूछने लगी, "इस सब में अनुज के साथ भी तो बहुत कुछ ग़लत हुआ?"

अमन ने जवाब दिया, "तर्क बहुत अजीब हथियार है, इससे किसी भी बात को स्थापित किया जा सकता है, ख़ासकर जब बात नैतिकता की हो।"

श्रेया हँसने लगी और बोली, "नैतिकता हमारी सामाजिकता की अनचाही ज़रूरत है और हम अपनी ज़रूरत के हिसाब से इस नैतिकता को तय करते रहते हैं।"

थोड़ी देर के मौन के बाद श्रेया ने कहा, "चाहे कुछ भी हो अनुज को इस हालत में छोड़ देने का अपराध बोध मुझे हमेशा रहेगा।"

अमन ने झट से जवाब देते हुए कहा, "मुझे पता है।"

■

पेस्सोआ की मम्मी

मुझे पहुँचते-पहुँचते काफ़ी देर हो गई थी। दो मिनट और लेट होता तो ट्रेन छूट जाती। कैब ढूँढने में काफ़ी वक़्त लग गया था और कैब मिली भी नहीं। एक तो रेलवे स्टेशन के लिए कैब बुक नहीं हो पा रही थी, दूसरा कैब वाले इस बात पर अडिग थे कि वो पार्किंग के बाहर ही छोड़ेंगे। उन्हें विश्वास नहीं होता था कि कोई उन्हें पार्किंग का किराया भी अलग से दे देगा। दिल्ली में लोग एक-दूसरे पर आसानी से विश्वास नहीं करते।

जैसे-तैसे एक ऑटो मिला, और मैं रेलवे स्टेशन की ओर निकला। मेरे फ्लैट से स्टेशन पहुँचने में 40 मिनट लगते हैं और मेरे पास अभी भी एक घंटा था। लेकिन रास्ते के एक फ्लाईओवर पर ड्राइवर भाई का गमछा उड़ गया और खोजते-खोजते कब पंद्रह मिनट निकल गए, समझ ही नहीं आया। अब तक मैं मान चुका था कि ट्रेन मिलेगी या नहीं, यह अब मेरे बस में नहीं। लेकिन ट्रेन छूटने से सात मिनट पहले, मैं स्टेशन पहुँच गया। जैसे-तैसे, भागते-भागते मैं ट्रेन के अंदर आ गया और ट्रेन चल पड़ी।

मैंने अब जाकर साँस भरी। मार्च-अप्रैल के महीने यात्रा के लिहाज से काफ़ी आरामदायक होते हैं– न ज़्यादा गर्मी, न ज़्यादा सर्दी। लेकिन यह भारतीय रेलवे की एसी चेयरकार थी। यहाँ एसी का अपना अलग खेल चलता है, तापमान इतना कम था कि मानों फरवरी के शुरुआती दिन हों। मैंने गोल गले की हाफ टी-शर्ट पहनी हुई थी, जो मेरी पुरानी प्रेमिका– कीर्ति ने मुझे जन्मदिन पर दी थी। आज के दिन ही हम सात साल पहले एक पार्टी में मिले थे।

मैं अपनी सीट ढूँढते-ढूँढते आगे बढ़ रहा था। मेरी सीट के पास एक महिला बैठी हुई थी, जिससे अब तक मेरा परिचय नहीं हुआ था। उसने नीली साड़ी और मेहरून रंग का ब्लाउज पहना था। उसकी उम्र मुझे कुछ 30 के आसपास लग रही थी। उसके हाथ में एक मैगजीन थी। मुझे शुरुआत में थोड़ी झुंझलाहट हुई क्योंकि मैं रातभर न सोने के कारण थोड़ा सीट घुमाकर आराम करना चाह रहा था, पर चेयरकार की सीट ने मुझे परेशान कर दिया। मुझे लगा कि अगर मैं सोने का प्रयास करूँगा तो शायद वो महिला असहज महसूस करें। इसलिए मैंने मेरे दोस्त की दी हुई किताब पढ़ना शुरू कर दिया।

मेरे पास एक किताब थी– फर्नांडो पेस्सोआ की “द बुक ऑफ डिसक्वाइट।” वह किताब मेरे दोस्त ने मुझे डायरी नोट्स लिखने के लिए प्रोत्साहित करने के उद्देश्य से दी थी। उसने कहा था कि कैसे एक लेखक ने मरणोपरांत इस किताब से दुनिया भर में एक अलग पहचान बनाई।

एक ऑफ़िस बॉय पर लिखा पेस्सोआ का एक नोट मुझसे नहीं छूट पा रहा था। मैं उसे तीन बार पढ़ चुका था। और जैसा मेरे साथ हमेशा होता है, मैं कुछ भी पढ़ लूँ, उसे किसी से कह देना चाहता हूँ– जैसे अगर मैं भूल जाऊँ तो कोई और याद रखे। याद रखने का जिम्मा किसी और पर डाल देना बहुत सारी चीज़ें आसान कर देता है। इससे आप आज़ाद

महसूस करते हैं क्योंकि आप जानते हैं कि आपकी कही बात किसी और की स्मृति में ज़िंदा है। हिंदी के एक लेखक स्वदेश दीपक का कहना था कि "कुछ स्मृतियाँ खंडित होती हैं।" इसलिए अगर आपकी स्मृति में कोई बात मौजूद नहीं है या खंडित हो गई है, तो आप किसी और की स्मृति में मौजूद उस बात को वापस से जी सकते हैं।

अक्सर जब किसी के लिए कुछ लिखा गया होता है, ख़ासकर कोई ख़त, तो उसमें बहुत से भाव छुपे होते हैं– कुछ टीस, मलाल, कुछ ख़ुशी, कुछ यादें, कुछ अनकहा, कुछ जो दोबारा कहना होता है, और कुछ ऐसा भी जो हम अपने आप में समेट लेना चाहते हैं। ऐसा ही कुछ उस नोट में था।

मैंने उस महिला की ओर देखा– एक शांत, सहज और गंभीर चेहरा। बालों का एक सिरा क्लचर से बंधा हुआ था। आधे बाल कंधे पर यूँ ही लेटे हुए थे, जैसे उनको पसरने में मज़ा आ रहा हो। एक जगह पर टिके, लेकिन आज़ाद। वह मैगजीन को अपने ऐनक के सहारे एक टक पढ़े जा रही थीं, मानो कुछ ढूँढ रही हों, जो उसे मिल नहीं पा रहा था।

मेरी निगाह बार-बार उसकी ओर पहुँच जा रही थीं, लेकिन उसका ध्यान शायद अपनी मैगजीन में ही था। आठ-नौ घंटे के सफर में मैं बिना बात किए तो नहीं रह सकता था, लेकिन मुझे काफ़ी संकोच हो रहा था। फिर भी, मैंने पूछ लिया, "आप कुछ पढ़ना चाहेंगी?"

उसने मेरी ओर बिना देखे मुस्कुराकर कहा, "जी, बताइए।"

मुझे तब तक आभास हो गया था कि मेरी उपस्थिति दर्ज हो चुकी है। मैंने अपनी किताब उसे दे दी और उस नोट को पढ़ने के लिए कहा।

उसने किताब पकड़ी और उसका मुआयना करने लगी– पहले कवर देखा फिर लेखक का नाम। फिर दस मिनट तक उसी तल्लीनता से

पढ़ती रही, जिस तरह वह मैगजीन पढ़ रही थी। थोड़ी देर बाद, उसने कुछ सोचना शुरू कर दिया। मैंने उसकी ओर नज़र घुमाई, लेकिन उसने मुझे नज़रअंदाज कर दिया और खिड़की की ओर देखने लगी।

मैंने कुछ देर इंतज़ार किया, फिर पूछा, "आपको कैसा लगा?"

उसने तुरंत कोई जवाब नहीं दिया। किताब को बंद कर दिया था, मानो इस सवाल के जवाब के लिए ख़ुद को तैयार कर रही हो। थोड़ी देर की शांति के बाद उसने पूछा, "आप करते क्या हैं?"

मैं उसके सवाल सुनकर हल्के से मुस्कुराया, जैसे उसने पहले मुस्कुराया था– आँखें झुकाकर, साँस छोड़ते हुए एक हल्की-सी मुस्कान। क्योंकि उसने तब पहली बार मेरी ओर ठीक से देखा और ऐसे देखा, जैसे वह मुझे पहचानती हो।

मैंने कहा, "मैं लिखता हूँ, अखबारों के लिए।"

"और आप?"

"मैं?" उसने एक शांत मुस्कान के साथ कहा। "मैं इकोनॉमिक्स पढ़ाती हूँ एक स्कूल में। मतलब, एक स्कूल टीचर हूँ।"

"आपका बहुत-बहुत शुक्रिया पेस्सोआ से राब्ता कराने के लिए। मैंने पहली बार इन्हें जाना और पढ़ा। बहुत ही मर्म है इनके लेखन में। और ये नोट तो वाकई अच्छा है। मुझे भी किसी व्यक्ति की याद आ गई, जो मेरे ऑफ़िस में चाय और कॉफी देता था, पर अब चला गया।"

मैं उत्साहित था।

"आपको पता है कि बार-बार, कविता और गद्य दोनों में, पेस्सोआ ने इस बात से इनकार किया कि वह किसी भी प्रकार के कोई अलग या विशिष्ट व्यक्ति के रूप में मौजूद हैं या थे। वो एक कविता में लिखते हैं

कि "मैं ख़ुद को जानने लगा हूँ, मैं अस्तित्व में नहीं हूँ" उन्होंने सब कुछ विभिन्न "हेटेरोनिम्स" से लिखा, वो अपनी असली पहचान से जीवन पर्यंत सहज नहीं थे।"

"आपको लगता है ऐसा कोई व्यक्ति जो लोगों के दिमाग़ में, और उनकी दुनिया में निवास करता है अपना अस्तित्व ऐसे ठुकराएगा? क्यों ठुकराएगा? क्या उसने वाकई अपना अस्तित्व ठुकराया?"

उसने कुछ सोचा फिर कहा, "पेस्सोआ ने अपने अनेक "हेटेरोनिम्स" या अन्य व्यक्तित्वों के माध्यम से विभिन्न भावनाओं, विचारों, और दृष्टिकोणों को व्यक्त किया। शायद उनकी कविताओं के माध्यम से यह अभिव्यक्ति, अपने अस्तित्व को व्यक्त करने और उसे भिन्न रूपों में व्यवस्थित करने का तरीका हो। क्योंकि हर व्यक्ति अपने अनुसार अपने अस्तित्व को व्यक्त करना चाहता है, जो कि उसका अधिकार भी है। मैं दुनिया के सामने किस रूप में सहज हूँ, ये मुझ पर छोड़ देना चाहिए। अगर मैं कोई कलाकार या लेखक हूँ और चाहती हूँ कि अपनी असली पहचान से अलग रहूँ तो, ये मेरे क्राफ्ट को नया आयाम देगा। है ना ?"

"और अगर मैं कलाकार हूँ भी नहीं और हर अलग व्यक्ति के सामने अपनी एक नयी पहचान चाहती हूँ तो इसमें ग़लत क्या है? क्या गारंटी है कि आप मुझसे अपनी असली पहचान के साथ मिल रहे हैं? और असली पहचान होती क्या है?"

"काफ़ी व्यवस्थित जवाब दिया आपने", मैंने तुरंत कहा।

"इस उम्र में ऐसे ही सोचना पड़ता है, सभी तरह के कन्फ्यूजन में एक समन्वय और साधारण व्यवस्था ढूँढनी पड़ती है, वरना जिंदगी काफ़ी मुश्किल हो जाती है", उसने मुस्कुरा कर कहा।

मैंने थोड़ा सोचकर ब्रेन प्लास्टिसिटी की अवधारणा का जिक्र करते हुए कहा, "जैसा आपने कहा कि इंसान किस पहचान से सहज है, यह उस पर छोड़ देना चाहिए। आपने कहा कि अगर मैं अपनी मौजूदा पहचान से सहज नहीं हूँ, या मैं दस साल पहले जैसा इंसान था, वैसा नहीं हूँ, तो मुझे अपनी पहचान बदलने का हक़ क्यों नहीं होना चाहिए? जैसे इंसान का दिमाग़ बदलता और विकसित होता रहता है, दुनिया अक्सर उसे उसकी एक ही पहचान तक सीमित कर देना चाहती है।"

वो मुस्कुराने लगी और कहने लगी, "आप बिल्कुल सही कह रहे हैं। पहचान बहुत ही पेचीदा चीज़ है। किसी को अपनी पहचान किस आधार पर चाहिए, यह उसे तय करने देना चाहिए। और यह भी कि वह कोई पहचान चाहता भी है या बिना किसी पहचान के बस जीते रहना चाहता है।"

मैं भी मुस्कुराया और सोचने लगा, क्या इतना आसान है अपने अस्तित्व के सवाल का उत्तर पा लेना? और फिर एक गहरी चुप्पी ने हमें घेर लिया।

"क्या लिखते हैं आप, वैसे?" उसने उस चुप्पी को तोड़ने के लिए पूछा।

"कुछ नहीं, बस जो मन में आता है, लिख लेता हूँ। जैसा आता है, वैसा। अच्छा या बुरा। हाँ, अगर आप यह पूछ रही हैं कि पैसे कमाने के लिए क्या लिखता हूँ, तो पैसे कमाने के लिए नहीं लिखता। मैं एक इंजीनियर हूँ, दुनिया की नज़र में, वही करता हूँ। एक कंस्ट्रक्शन कंपनी में काम करता हूँ।"

"अच्छा! तो आप सिविल इंजीनियर हैं? यह तो बड़ी मज़ेदार बात है," वह फिर से मुस्कुराई। "वैसे मैंने यह नहीं पूछा था, पर जानकर अच्छा लगा।"

"दुःख की बात है," मैंने कहा।

"नहीं, मज़ेदार बात है। बुरा मत मानिएगा। मुझे आप एकेडमिक या पत्रकार जैसे लगे। सिविल इंजीनियर से मेरी यह अपेक्षा नहीं थी। ऐसे सवालों में भला कोई इंजीनियर क्यों उलझना चाहेगा?"

"हाहा, मैं ऑफेंड हो गया?" मैंने चुटकी लेते हुए जवाब दिया।

"मत होइए ऑफेंड," उसने कहा। "यह स्टीरियोटाइप में सोचना इंसानी तरीका है एक-दूसरे को समझने का। इससे आसानी होती है, है न?"

"बातों को समझने के इंसानी कायदे बहुत ज़रूरी हैं, बाबू। हमें जो आसान लगता है, चीज़ों को वैसे ही देखते हैं, उन्हीं में सरलता ढूँढते हैं। वरना दुनिया को समझना बहुत कठिन है।"

इस बीच ट्रेन में चाय-नाश्ता आ गया। मैं इस बौद्धिक बातचीत से बहुत प्रभावित था। मुझे मज़ा आ रहा था। मुझे लगने लगा था कि अगर मैं ऐसे ही अस्तित्व से जुड़े सवाल पूछता रहूँ, तो इस बातचीत में और गहराई आएगी।

मैं उसको और जानना चाहता था क्योंकि उसमें मुझे एक दार्शनिक दिख रहा था। और यह भी लग रहा था कि इस बातचीत से शायद मुझे लिखने के लिए भी कुछ प्रेरणा मिल जाए। एक लेखक के तौर पर अनजाने में हुए अनुभव और संवाद बहुत कुछ सिखाते हैं।

मैंने अपनी चाय पीते हुए थोड़ा साहस जुटाया और पूछा, "आप शादीशुदा हैं?"

"जी," उसने भावहीन तरीके से चाय पीते हुए जवाब दिया।

उसने अपना दाहिना हाथ अपने गाल पर रखा और कोहनी खिड़की के सहारे टिका ली। वह मेरी ओर थोड़ा मुड़ गई, ताकि जब जवाब दे, तो मेरी ओर देखकर दे सके।

थोड़े मौन के बाद, उसने कहा, "दो साल हो गए हमारी शादी को। लेकिन आपको कैसे लगा कि मैं शादीशुदा हूँ?"

"ऐसे ही। आप बहुत सहज और सुलझी हुई लगती हैं। हालांकि ये सब शादीशुदा होने का घोतक नहीं है, पर आप जानती हैं, ये सब इंसानी तरीके हैं सोचने के। जैसा आपने अभी कहा था। हम स्टीरियोटाइप में सोचते हैं। मैं भी इस वक़्त स्टीरियोटाइप में सोच रहा हूँ।"

"मुझे आपके कंगन देखकर लगा।"

वह मुस्कुराई और हँसकर बोली, "बहुत ही समझदार इंसान मालूम होते हैं। पर कंगन तो मैं शौक से पहनती हूँ। हमारे यहाँ कंगन का ऐसा कोई रिवाज नहीं है। और दूसरी बात, मैं घर से भी दूर रहती हूँ, तो ऐसी कोई बात नहीं। पर बहुत अच्छा ऑब्जर्वेशन है। मुझे ये बात पसंद आई।"

मैं उसकी ओर थोड़ी देर देखता रहा। फिर न जाने कैसे, एक बार फिर साहस दिखाते हुए मैंने एक सवाल और पूछ लिया, "क्या आपको किसी चीज़ का मलाल है? शायद, शादी?"

वह मेरे इस साहसी सवाल से असहज नहीं हुई। शायद वह मुझे अब तक दोस्त मान चुकी थी। हमारी बातचीत में एक अनजाना उंस आ गया था। या फिर शायद मैं उसके लिए एक ऐसा अजनबी था, जिसके सवाल उसे डरा नहीं रहे थे क्योंकि मैं उसके अस्तित्व में बस एक यायावर था।

उसने कहा, "मेरे बॉयफ्रेंड के लिए मैं शायद बस एक प्रेमिका नहीं थी। वह मेरे सभी दोस्तों, मेरे परिवार को जानता था। वह उन सबको जानता है जो मेरे अस्तित्व को जानते हैं। और मैं पेस्सोआ नहीं हूँ जो अपने अस्तित्व को ठुकरा सकूं। मैं शिखा हूँ जो दिल्ली में पली-बढ़ी। मेरे पिता एकेडमिक हैं, माँ डॉक्टर हैं। मैं बहुत अनुशासित और एकाकी जीवन की आदि हूँ। तो मलाल का सवाल ही नहीं। मुझे अपने पति से प्रेम है और मुख्य बात यह है कि मैं उनके साथ बहुत सहज हूँ।"

"आप अगर बुरा न मानें, तो मैं और कुछ जानना चाहता हूँ," मैंने पूछा। बिना कोई इंतज़ार किए, मैंने एक और सवाल दाग दिया, "तो आपको किस बात का मलाल है?"

"आप इस बात पर क्यों अड़े हैं कि मुझे किसी बात का मलाल है? अगर आप इस तरह के सवाल पूछते रहे, तो इस यात्रा का ज़रूर होगा।" उसने मुस्कुराते हुए ताना मारा।

और एक बार फिर गहरा मौन छा गया। मुझे अपनी ग़लती का एहसास हुआ। मैंने तुरंत माफी माँगनी चाही, पर माँग नहीं पाया।

डिनर का वक़्त हो चला था, मैं अपनी किताब में व्यस्त था और वो अपनी मैगजीन में। एक ज़रूरी मौन के साथ हमने डिनर किया।

थोड़े देर में, भोपाल आ चुका था। वो अपना सामान उठा रही थी, मैं भी, और मैं सोच रहा था कि ये मुलाकात यहीं ख़त्म हो जाएगी। पर उसने एकदम से मेरी ओर देखा और कहा "मेरा नाम शिखा है, मैं तुम्हें इंस्टाग्राम पर फॉलो करूँगी।"

मैं मुस्कुराया और कहा, "मैं मानव।"

वो मुझसे एक इंच लंबी थी शायद।

उसके चेहरे में एक स्थायी उदासी थी जो बहुत आकर्षक लगती थी, जैसे उसका अस्तित्व उसी उदासी में बसता हो। मेरे लिए उसकी उदासी एक कहानी थी जो मैं सुनना चाहता था, लेकिन उसे सुनने के लिए कीमत क्या होगी मैं नहीं जानता था।

हम स्टेशन से बाहर निकलने लगे। उसने जाते-जाते एक मुस्कान के साथ, कहा, "इंशाअल्लाह दोबारा मुलाकात होगी, तब पेस्सोआ की जगह कोई और होगा, मिलकर काफ़ी अच्छा लगा।"

और मैं अपने होटल की ओर जाने लगा। इस मलाल के साथ कि मैंने कुछ ज़्यादा ही निजी सवाल पूछ लिए।

"क्यों करता हूँ मैं ऐसा?" शायद लेखक होने के कुछ अवगुण हैं।

अगले दिन मेरी मीटिंग थी, मैं सुबह तैयार होकर मीटिंग में पहुँचा। मीटिंग ठीक रही और मैं वापस दिल्ली जाने के लिए तैयार था। लेकिन मन में आया क्यों न एक दो दिन और रुका जाए। मैं भोपाल पहली बार आया था, और इस शहर में पेस्सोआ के साथ आना मुझे कुछ महसूस करा रहा था।

मैंने ट्रेन की टिकट कैंसल की, और बड़े तालाब के सामने किसी रेस्टोरेंट में बीयर पीने बैठ गया। मुझे उस वक़्त इंस्टाग्राम पर अचानक एक मैसेज आया।

"हेलो, शिखा हियर!"

मैंने ख़ुशी से मैसेज देखा और जवाब दिया, "आपके शहर से जाने का मन नहीं कर रहा!"

उसने इसका कोई जवाब नहीं दिया।

फिर उसका मैसेज आया, "आप मिल सकते हैं?"

"अभी?"

"हाँ!"

"आ जाइए, बड़े तालाब के पास।"

और अगले एक घंटे में वो आ गई, "क्या हुआ सब खैरियत?" मैंने पूछा।

"मैं तुमसे कुछ कहना चाहती हूँ," उसने चिंतित स्वर में कहा।

"मुझे अपने पति के साथ नहीं रहना," उसने बेधड़क कह दिया।

मुझे समझ नहीं आ रहा था कि क्या कहूँ। "क्या हुआ, तुम बताओगी?" मैंने पूछा।

"दरअसल, मेरा हसबैंड मुझ पर चीट कर रहा है। मैं यह बात किसी से नहीं कह पा रही थी, लेकिन तुमसे बात करने का मौक़ा मिला, तो कह पाई। आज जब मैं घर पहुँची, तो वह उसके साथ था।"

उसके इन शब्दों ने मुझे एकदम बेचैन कर दिया। मैं संभलने की कोशिश कर रहा था कि उसने मुझसे कहा, "क्या मैं आज तुम्हारे साथ रुक सकती हूँ?"

मैं तुरंत मना कर देना चाहता था, पर नहीं कर पाया और उसे लेकर अपने कमरे में आ गया। रास्ते भर मैं शिखा की इंस्टाग्राम प्रोफाइल चेक करता रहा– उसकी फोटोज, उसके फॉलोअर्स, और वह किनको फॉलो करती है। मैं जानना चाहता था, आख़िर वह है कौन? पर कुछ भी पता नहीं चल रहा था। उसके सभी फोटोज अकेले के थे।

मैं बहुत दुविधा में था।

मुझे कभी भी यह नहीं लगा था कि मैं शिखा से दोबारा मिलूँगा, वह भी इतनी जल्दी। मुझे तो यह भी नहीं पता था कि जो शिखा है, वह वाकई शिखा है भी या नहीं। हो सकता है उसने मुझसे झूठ कहा हो। पर यह शिखा, ट्रेन में मेरे साथ जो आई थी, उस शिखा से काफ़ी अलग थी।

मैं सोच रहा था, “क्या वह अपने अस्तित्व को ठुकरा कर मेरे पास कोई नया अस्तित्व गढ़ने आई है? क्या वह पेस्सोआ की तरह हेट्रोनिम्स के साथ तो नहीं जी रही? क्या वह कोई फ्रॉड है? कैसे कोई अनजान मर्द पर एक मुलाकात के बाद ही इतना भरोसा करेगा?”

अनेकों अजीब ख़याल मेरे मन में आते रहे।

वह बहुत रो रही थी। मैं उसके लिए पानी लेकर आया और चाय ऑर्डर की।

मैंने उससे कहा, “आप शांत हो जाएँ। अभी आप मेरे साथ हैं। हम किसी और लेखक की बात कर सकते हैं?”

वह एकदम चुप होकर बोली, “किसकी?”

मैंने कहा, “एनी एर्नो, जो नोबेल खिताब जीती हैं। उन्होंने अपनी पूरी जिंदगी, अपने सारे अनुभव दुनिया के सामने रख दिए। उन्होंने कुछ भी छुपाया नहीं।”

शिखा समझ गई थी कि मुझे उसकी पहचान पर संदेह हो रहा है। उसने कहा, “मुझे पता है तुम्हारे मन में मेरे बारे में अजीब-अजीब ख़याल आ रहे होंगे। इसमें तुम्हारा दोष नहीं है। एक अनजान लड़की ऐसे ही तुम्हारे साथ आ गई, तुम्हें अजीब लगना लाजमी है।”

फिर वह मुझसे लिपट कर रोने लगी। अब मुझे कुछ समझ नहीं आ रहा था।

ऐसा लग रहा था कि मैं कहीं फंस गया हूँ, पर मैंने अपने आप को संभाले रखा और उसे चुप कराने की कोशिश करता रहा। इस प्रयास में उसने मेरा हाथ थाम लिया और मेरे सीने पर सिर रखकर सो गई।

मुझे उसे देखकर, उसे चूमने का मन हुआ, पर मैंने अपने आप को रोक लिया।

इंसानी मन भी कितना अजीब होता है!

सुबह उठा तो शिखा नहीं थी, उसने एक नोट छोड़ा था जिसमें लिखा था,

"प्रिय मानव, मुझे माफ कर दो मैंने तुम्हें काफ़ी तकलीफ दी। एक अनजान महिला का एकदम से तुम्हारे कमरे पर आ जाना बहुत असहज था। मैं तुम्हारी तकलीफ और डर समझ सकती हूँ। पर हो सके तो मुझे माफ कर देना। मैं बहुत परेशान थी, और तुम्हारे साथ रो लेना चाहती थी। तुमने मुझे एक अपनापन महसूस कराया, तुम्हारे साथ ऐसा लगा कि मैं कोई वजूदविहीन इंसान नहीं, मेरा अस्तित्व मुझसे है किसी और से नहीं। तुमने मुझे मुझ से मिलाया।

मैं जब उठी, तब तुम किसी बच्चे की तरह सो रहे थे, और मेरी आँखें तुम्हारे छाती पर मौजूद एक बारीक तिल पर टिकी हुईं थीं। मैं सोच रही थी कि क्या ये तिल रात भर तुम्हारी छाती पर सर रख कर सोने से उभर आया है या पहले से था। मैंने उसको छुआ और मान लिया कि कल रात भर के हमारे साथ से उभरा ये तिल, तुम्हारे लिए मेरी तरफ़ से हमारी दोस्ती की एक निशानी है। तुम सोते हुए बहुत हैंडसम लगते हो, इसलिए मैंने तुम्हे चूमना चाहा, पर नहीं चूमा। शायद तुम्हें अच्छा नहीं लगता कि एक अनजान महिला, जो तुमसे एक बार मिली है, तुम्हारे कहे बिना तुम्हें चूमे। ये काफ़ी ग़लत भी है।

मेरी सुबह क्लास है, स्कूल में बच्चे इंतज़ार कर रहे होंगे। इसलिए निकल रही हूँ। भगवान ने चाहा तो फिर मुलाकात होगी।"

तुम्हारी दोस्त

शिखा

मैं प्रेम में पड़े एक आशिक की तरह ख़ुश हो रहा था, और एक बहुत गहरा डर भी मेरे मन में घर कर रहा था कि क्या शिखा दोबारा आयेगी? अब क्या होगा? क्या मुझे आज वापस दिल्ली जाना चाहिए? क्या शिखा वाकई परेशान है? क्या मुझे उसकी मदद करनी चाहिए? मैं सोचने लगा।

मैंने सिगरेट जलाई इतने में दरवाजे की घंटी बजी, मैंने गेट खोला, "जी कौन?"

"शिखा आई थी?", उस व्यक्ति ने गुस्से में पूछा।

मैं हैरत में था। एक छ: फुट का आदमी, जिसके बाल लंबे, मूँछें और दाढ़ी मानो वो कोई मॉडल हो, मेरे सामने खड़ा था। मुझे डर भी लग रहा था और गुस्सा भी आ रहा था।

"जी, आप कौन हैं? यह पहले बताइए," मैंने संयम से पूछा।

"मैं शिखा का पति, अर्जुन। और तुम कौन हो, उसके ब्वॉयफ्रेंड?"

मैंने ख़ुद पर काबू रखते हुए कहा, "जी, शिखा मेरी केवल दोस्त है। मैं दिल्ली में रहता हूँ। यहाँ केवल काम के सिलसिले में आया हूँ। शिखा ने बताया कि वह दु:खी है, क्योंकि आप उस पर चीट कर रहे हैं।"

अर्जुन गुस्से में अपना माथा पकड़कर बोला, "मैं चीट कर रहा हूँ? कुतिया साली!"

भाई, ऐसा नहीं है। शिखा ने तुमसे बोला होगा कि वह भोपाल की है, है न?"

"शिखा भोपाल की नहीं है। वह सीएसआर कंसल्टेंट है। उसका अक्सर दिल्ली, पुणे और बैंगलोर आना-जाना रहता है। हमने दो साल पहले शादी की थी। वह किसी बात को लेकर मुझसे और मेरे परिवार से नाराज़ है और शहर-शहर भाग रही है। मैं उसे ढूँढते-ढूँढते उसके पीछे यहाँ तक आया हूँ। पुलिस भी साथ नहीं दे रही है। परिवार की बदनामी के डर से हम सब कुछ छुपा रहे हैं। लेकिन यह लड़की आख़िर करना क्या चाहती है, समझ नहीं आता। हम मुंबई में रहते हैं, और मैं उसे बहुत प्यार करता हूँ। शायद ग़लती मेरी ही है। अगर मैंने उसकी बात मानी होती, तो यह नौबत नहीं आती।"

उसने थोड़ी देर रुककर पूछा, "तुम्हारे बीच ऐसा कुछ तो नहीं हुआ न?"

"नहीं," मैंने तुरंत जवाब दिया।

वह आधे घंटे तक रोता रहा। फिर कमरे में शिखा को खोजने लगा, मानो वह कहीं छुपी हो। मैंने उसे समझाने की कोशिश की कि वह जा चुकी है, लेकिन उसे तब तक तसल्ली नहीं हुई जब तक उसने पूरे कमरे की तलाशी नहीं ले ली।

मैंने उससे पूछा, "अगर वह ऐसी है, तो आप अलग क्यों नहीं हो जाते?"

यह सुनते ही उसने मेरी कॉलर पकड़ ली और कहा, "तू अपने काम से काम रख।"

इसके बाद वह कुर्सी पर जाकर बैठ गया और मेरे पैकेट से सिगरेट निकालकर फूँकने लगा। मुझे लगा कि यह आदमी यहाँ से जाएगा नहीं,

इसलिए मैंने भी अपना लैपटॉप खोल लिया और कोई फिल्म देखने लगा।

आधे घंटे बाद वह गंभीर स्वर में बोला, "भाई, सुनो। तुम मुझे सीधे आदमी लगते हो। अगर वह इस बार आए, तो मुझे बता देना। मैं उसके बिना नहीं रह सकता।"

और फिर वह वहाँ से चला गया।

अब मैं भोपाल से भाग जाना चाहता था। मैं सोचने-समझने की स्थिति में नहीं था। मुझे लगा कि अगर इस पचड़े में फंसा, तो मेरा करियर शुरू होने से पहले ही ख़त्म हो जाएगा।

उस वक़्त मुझे कीर्ति की बहुत याद आ रही थी। मैंने उसे फोन किया, तो उसने पहली ही घंटी में उठा लिया।

उसकी आवाज़ सुनते ही मेरे आँसू निकल गए, और वह भी रोने लगी। मैंने उसे इस घटना के बारे में कुछ नहीं बताया, लेकिन मुझे रोता देख वह समझ गई कि मैं परेशान हूँ। एक साल अलग रहने के बाद भी हमारा पुराना प्रेम जैसे लौट आया। उसने कहा, "बेबी, तुम आओ। हम इस बारे में बात करेंगे।"

मैंने अपनी फ्लाइट बुक कर ली और सामान पैक करने लगा।

इतने में मेरे कमरे की घंटी बजी।

मैं सहम गया। मुझे लगा अर्जुन या शिखा में से कोई होगा। मैंने पाँच मिनट तक दरवाजा नहीं खोला। जब घंटी बजनी बंद हो गई, तो मैंने दरवाजा खोला।

शिखा खड़ी थी। उल्टे पल्लू की नीली साड़ी पहने हुए। यह वही साड़ी थी जो उसने ट्रेन में पहनी थी। माथे पर छोटी-सी काली बिंदी,

बाल बंधे हुए, कानों में झुमके, और आँखों में गहरा काजल। वह बहुत सुंदर लग रही थी। उसने रातरानी की सुगंध वाला कोई महँगा इत्र लगाया था, मानो मैं ख़ुद रातरानी के पास खड़ा हूँ।

उसने कहा, “अंदर नहीं बुलाओगे?”

मैं कुछ नहीं कर सका और बोला, “आ जाओ।”

मेरे मन में कई सवाल थे, लेकिन अभी मेरी हिम्मत नहीं थी कि मैं कुछ पूछूं। दो दिन में इतना कुछ घट जाएगा, इसका मुझे जरा भी अंदाज़ा नहीं था।

“तुम जा रहे हो?” उसने पूछा।

पानी अब सर से ऊपर जा चुका था।

मैंने उससे गुस्से में कहा, “यह तुम्हारा और तुम्हारे पति का ड्रामा मेरी समझ से परे है। तुम लोग मुझे माफ करो और जाने दो। तुम दोनों अलग-अलग कहानी सुना रहे हो। कोई तो झूठ बोल रहा है, या शायद तुम दोनों ही झूठे हो। यह तुम्हारी कैसी पहचान है?

मुझसे ग़लती हो गई जो मैंने ट्रेन में तुमसे बात की। इसकी इतनी बड़ी सजा मत दो। अगर तुम लोग मुझे लूटना या पैसे लेना चाहते हो, तो बता दो। मेरे पास जितना है, सब ले लो और मुझे जाने दो।”

“मैं एक साधारण सा इंसान हूँ। मेरी जिंदगी मुश्किल मत बनाइए, मुझे शांति से जीना है।”

मुझे गुस्से में देख, वो मेरे पास आई और मेरे होंटो को चूम लिया, ऐसा लगा जैसे मैं बस किसी के बस में आ गया हूँ। मेरा मन किया कि मैं उसको झटक दूँ पर नहीं कर पाया। पर कुछ ही सेकंड में मैं उस से दूर हो गया।

मेरे आँसू आ गए। मैं रोते हुए बोला, "तुम क्या चाहती हो? मेरे पास कुछ नहीं है। मुझे माफ कर दो।"

उसने मेरे आँसू पोंछे और गले लगा लिया। मैं रोए जा रहा था। उसने कहा, "मैं तुम्हारी गुनहगार हूँ, मानव। पर तुम प्लीज़ रो मत। मैं अपने आप को माफ नहीं कर पाऊँगी। पर मैंने तुमसे कुछ भी झूठ नहीं बोला, बस अधूरा सच बताया। कल मुझे तुम्हारी बहुत ज़रूरत थी, इसीलिए मैं तुम्हारे पास आई। मैं तुम जैसे सुलझे और अच्छे इंसान से कभी नहीं मिली थी।"

"तुम अर्जुन को नहीं जानते, वो जैसा दिख रहा है, वैसा है नहीं। और भगवान के लिए ये मत सोचो कि मैं किसी से भाग रही हूँ। मैं एक स्वतंत्र इंसान हूँ। मेरा अपना एक जीवन है। मैंने अर्जुन को पिछले दो साल में जितने मौके देने थे, दे चुकी हूँ। अब और नहीं सह सकती।"

मैं उसकी ओर देखता रहा। हमारी निगाहें एक-दूसरे पर टिकी रहीं।

मैं उसकी ओर बढ़ा और उसके माथे को चूमा। उसने मुस्कुराकर मेरी ओर देखा और मेरे दिए चुम्बन को मेरे होंठों को चूमकर वापस किया।

फिर हम वो सब कुछ करते रहे जो मुझे नहीं करना चाहिए था। रात 12 बजे मेरी फ्लाइट थी। मैंने उठकर शिखा से कहा, "तुम जाओ, मेरी फ्लाइट है।"

"कहाँ जाऊँ?" उसने रूआँसे स्वर में हैरत के साथ कहा।

"अपने घर?" मैंने जवाब दिया। "मेरी फ्लाइट है, मुझे जाना है। मैं अब और इस शहर में नहीं रह सकता। मेरा मन घुटता है इस शहर से।"और जबरदस्ती वहाँ से जाने लगा।

शिखा रोए जा रही थी, लेकिन मन में डर इतना गहरा गया था कि वहाँ रुकने की मेरी हिम्मत नहीं थी। "मुझे माफ कर दो, शिखा। तुम अपने पति के पास वापस चली जाओ, या तुम्हें कहीं और जाना है तो वहाँ चली जाओ, पर मुझे जाने दो, प्लीज़।"

"कहाँ जाऊँ? वो, जो मुझे चीट कर रहा है, उसके पास?"

"और तुमने अभी क्या किया?"

वो मेरी तरफ़ गुस्से से देखने लगी। उसकी आँखों में आँसू थे और होंठ कपकपा रहे थे। पर मैं वहाँ एक पल भी नहीं रह सका। मुझे दुःख था, पर एक डर भी।

मैंने अपने सामान के साथ होटल से चेकआउट कर लिया और ऑटो लेकर अपनी फ्लाइट पकड़ ली। मुझे काफ़ी गिल्ट हो रहा था कि मैंने ये क्या किया। एक लड़की को रोते हुए छोड़कर जाना बहुत ग़लत लग रहा था।

पर मेरे अंदर एक सुकून भी था– आज़ादी का।

मैं अपने फ्लैट पर आकर सो गया। अगले दिन देखा कि कीर्ति का मैसेज आया हुआ था कि वो मुझसे मिलने आ रही है। मैंने उस वक़्त सब कुछ भूल कर उसका इंतज़ार करना बेहतर समझा।

■

अधूरी कहानी

कहानी ढूँढ़ना किसी पत्रकार के लिए एक आदत बन जाती है, ऐसी आदत जिसके बिना वो जी नहीं सकते। इसीलिए भी शायद पत्रकार अक्सर नशे के आदि हो जाते हैं। सिगरेट, दारू, तम्बाकू, चाय, या कॉफी– पत्रकार इनमें से किसी न किसी का अमली तो होता ही है, वरना कहानी ढूँढ़ने के प्रेशर को कैसे सहन करेगा? कहानी के बिना किसी पत्रकार का कोई अस्तित्व नहीं है– उसका जीवन, उसकी पहचान बस कहानियाँ ही हैं, उनमें मौजूद चरित्र एक पत्रकार के जीवन के आवरण को प्रभावित करते हैं।

पत्रकार को एक अमली जीवन जी लेना एक सहज रास्ता लगता है, शायद इसीलिए अर्पित चाय और सिगरेट के इर्द-गिर्द ही अपना दिन निकालता है। चाय का कूल हो जाना एक नियति भर नहीं है शायद, क्योंकि कॉफी और चाय की लड़ाई दो वर्ग की लड़ाई की तरह रही है और चाय वर्ग ने इसको जमकर लड़ा है, तब जाके ये एक लोकप्रिय संस्कृति या लोकाचार का हिस्सा बनी है। वरना कॉफी के आधिपत्य को चुनौती देना आसान नहीं है।

पिछले दिनों एक अलग गिल्ट अर्पित ने पाल लिया कि वो बस अपने फायदे के लिए कहानी खोजता है और लोगों के दुःखों को दुनिया को दिखा-दिखा कर अपना घर चलाता है। क्या वाकई वो एक निर्लज्ज, निहायत ही सेल्फिश इंसान है? इन सवालों को वो बार-बार अपने से पूछता रहता, और परेशान होता रहता। हमारे जीवन में ख़ुद के बनाए दुःख ही हमें हमेशा दुःखी करते हैं, वरना जीवन ख़ुद हमें इतने दुःख नहीं देता। हमारा दुःख हमारे ही विचारों से गहराता है और कम भी होता है। पर हम उन विचारों को ज़्यादा तरजीह देते हैं जो हमें दुःख और कष्ट पहुँचाते हैं।

किसी ने गेट खटखटाया।

"आओ आकृति, कैसे आना हुआ?"

आकृति ने उसकी ओर देखा और पलकें भींच कर बोली, "क्या सवाल है ये? सुबह ही हमारी बात हुई है कि मैं आ रही हूँ।"

"इस बारे में नहीं हुई न?", अर्पित थोड़ी चालाक हँसी ओढ़े बोला।

"चुप करो," आकृति ने कहा, "थोड़े मैनर्स सीख लो, कैसे ब्वॉयफ्रेंड हो तुम। तुमसे मिलने इतने दुर से आ रही हूँ और तुम्हें है कि कोई फिक्र ही नहीं।"

अर्पित हँसने लगा।

"ऑफ़िस है आज? क्या स्टोरी कर रहे हो?", आकृति ने पूछा।

"स्टोरी! हाहा।"

"मैं एक ऐसी मैगजीन का चीफ रिपोर्टर हूँ, जिसको बस चलना है क्योंकि मालिक को अपनी बिल्डिंग बचानी है। मैं काम करूँ न करूँ किसी को कोई फ़र्क़ नहीं पड़ता।"

"पर तुम्हें पड़ता है न, लव! और स्टोरीज के बिना कोई पत्रकार रह सकता है भला," आकृति ने अर्पित को गले लगाकर कहा।

एक गहरे और ज़रूरी आलिंगन के बाद अर्पित ने सिगरेट जलाते हुए कहा, "हाँ, एक स्टोरी है।"

आकृति ने उसकी ओर देख कर कहा, "कितने हसीन लगते हो जब ख़ुश होते हो तुम, जानेमन!"

"पर तुम तो लग रहा है जाने के लिए तैयार हो। मुझे लगा, कम से कम, आधा एक घंटा होगा तुम्हारे पास।"

"नहीं-नहीं यार, काफ़ी लेट हो गया," अर्पित ने कहा।

"शाम को टाइम से आ जाना। डिनर बाहर करेंगे।"

"ठीक है, अब मुझे निकलने दो। रात को मिलते हैं।" यह कहते हुए अर्पित अपने फ्लैट से ऑफ़िस के लिए निकल जाता है।

ऑटो में बैठा अर्पित अपनी कहानी के बारे में सोचता रहता है। इस बार वो एक ऐसी कहानी करने वाला है जो उसके पास ख़ुद चलके आई। अर्पित को हमेशा लगता है कि हर कहानी अपने आपको कहती है– कहने वाला तो मात्र एक ज़रिया है। जब भी किसी कहानी का वक़्त आता है, वो ख़ुद-ब-ख़ुद अपने आप को कहने लगती है।

आधे घंटे में अर्पित दफ़्तर आ गया, और हर बार की तरह इस बार भी दफ़्तर में अंदर जाते हुए विचार शून्य हो गया।

दफ़्तर में संपादकीय बैठक तो बस नाम मात्र की होती है। तीन रिपोर्टर, एक एडिटर और एक एडिटर-इन-चीफ, सब आए और चाय, समोसों और पत्रकारिता के भविष्य पर अपना ज्ञान बघारने लगे।

"मुझे लगता है डिजिटल जर्नलिज्म ही फ्यूचर है। पर इस मैगजीन का मालिक लाला है। वो कुछ खर्चना ही नहीं चाहता, न इसको प्रॉफिटेबल बनाने की सोचता न ही कुछ। मुझे अगर ये दो साल के लिए खुली छूट दे दे, तो देखना इसको बहुत बढ़िया वायबल बिजनेस न बनाया तो मेरा नाम उदय नाथ नहीं," एडिटर-इन-चीफ ने जोश में बोला।

उदय नाथ की इस बात को सभी हजार बार सुन चुके थे और हर बार सब उनकी बातों में हाँ में हाँ मिला लेते, और उदय नाथ अपनी समझदारी और शख्सियत पर गर्वित महसूस करते रहते।

दरअसल, जिस इमारत में अर्पित का दफ़्तर था, वो इमारत मीडिया को ही स्वीकृत हुई थी, लेकिन उसका मालिक उसको किराए पर देना चाहता था। इस कारण उसने दो कमरों में एक साप्ताहिक पत्रिका खोल दी, ताकि कोर्ट-कचहरी का चक्कर न हो।

"हाँ, एकदम सही बात, सर! आप सही कह रहे हैं। हम फालतू की मेहनत करते हैं। ऐसी मैगजीन में काम करते हुए हमारा क्या फ्यूचर, जो अपना ख़ुद का भविष्य नहीं देखती," एक रिपोर्टर समोसा तोड़ते हुए बोला।

और सब लोग ख़ुद के लिए एक तरस का भाव अभिव्यक्त करते हुए एक स्वर में "हम्म" कहने लगे।

तभी उदय नाथ की नज़र, गंभीर बैठे अर्पित पर गई।

"अरे अर्पित! तुम कह रहे थे कोई स्टोरी कर रहे हो। भाई, तुम ही इस मैगजीन को थोड़ा अटेंशन में ले आते हो। तुमसे तो कोई कहता भी नहीं। कहीं और कर लिया करो अच्छी स्टोरीज। हमारे लिए तो कुछ इधर-उधर से आई छोटी-मोटी खबरें कर सकते हो। इससे अच्छे पैसे

भी आएँगे। क्यों करते हो यहाँ के लिए? कौन मानेगा कि तीन रिपोर्टर की इस मैगजीन को दो प्रतिष्ठित पुरस्कार मिल चुके हैं," उदय नाथ ने अर्पित की टांग खींचते हुए कहा।

"आप लोगों का प्रेम कहीं जाने भी तो नहीं देता, और पैसों के लिए तो मैं और भी काम कर लेता हूँ।" अर्पित हँसते हुए बोला।

अपनी कहानी के बारे में बताते हुए अर्पित कहता है, "हाँ! मेरे पास एक स्टोरी है। ये स्टोरी शामली से आने वाले नेशनल हाईवे को जोड़ने वाली एक सड़क की है। वहाँ एक जगह पर पिछले तीन महीनों में 10 एक्सीडेंट हुए हैं, वो भी बाइकर्स के– उनमें से 8 लोग जान गंवा चुके हैं। दो सर्वाइवर्स ने बताया कि उनकी गाड़ी स्पीड ब्रेकर से टकराई, जिससे उनका एक्सीडेंट हुआ। पर ध्यान देने वाली बात ये है कि वहाँ एक अंधा मोड़ है– और उधर कोई स्पीड ब्रेकर होना ही नहीं चाहिए– और है भी नहीं। तो वो स्पीड ब्रेकर आया कहाँ से? ये सर्वाइवर्स ऐसा क्यों कह रहे हैं कि एक्सीडेंट स्पीड ब्रेकर से हुआ?"

ये सुन मीटिंग हाल में शांति छा गई। कुछ देर के सन्नाटे के बाद, एकदम से उदय नाथ ज़ोर-ज़ोर से हँसने लगे।

"भूत-प्रेत की स्टोरीज में कब से दिलचस्पी लेने लगे तुम? और पत्रकार का काम जासूसी नहीं होता। इतने काबिल पत्रकार हो– ऐसी खबरें शोभा नहीं देतीं तुम पर। और भाई! कैसे करोगे ये स्टोरी? ये बहुत ही मूर्खता भरी कोई सनसनीखेज ख़बर लगती है, जिसे टीवी वाले कवर करना पसंद करेंगे। तुम एक नामी पत्रकार हो। कुछ गरीबी, महँगाई पर करो। क्या ये अजीब स्टोरी लेके आए हो। These stories no longer sell. By talking about poverty, and civic issues, you'd at least get an award," उदय नाथ ने गंभीर होकर कहा।

"उदय, अगर ये स्टोरी नहीं हुई तो मैं कोई और स्टोरी तुम्हें दूँगा। पर अभी आप इसे लिस्ट कर दीजिए। मुझे ये स्टोरी करनी है, किसी भी हालत में," अर्पित ने दृढ़ता से कहा।

"ठीक है, तुम्हारी मर्जी। पर तुम इसे अपनी ज़िम्मेदारी पर कर रहे हो– आज सोमवार है और मुझे शनिवार तक स्टोरी चाहिए। ये मेरी कवर स्टोरी होगी।" उदय नाथ ने जैसे अर्पित को चुनौती दे दी।

उदय नाथ को तो पता था, अर्पित ने बोला है तो ये स्टोरी होकर रहेगी। वो आँख बंद करके उसकी स्टोरीज लिस्ट कर सकता था।

अर्पित ने ख़ुश होकर बोला, "डन बॉस।" और वहाँ से चला गया। अर्पित ने शामली में अपने ख़बरी को फोन लगाकर बताया कि वो कल आ रहा है। अर्पित का ख़बरी विजय, अर्पित के घर के पास सिगरेट-गुटके की रेहड़ी लगाता है। पर इस वक़्त शामली में है। वो उन व्यक्तियों में से है, जो उस मोड़ पर दुर्घटना से बच गए थे और दावा करते थे कि उनका एक्सीडेंट स्पीड ब्रेकर के कारण हुआ।

अर्पित ने आकृति को प्रेस क्लब आने को कहा था और वो वहाँ आ गई थी। अर्पित भी प्रेस क्लब पहुँचा।

"कैसा रहा दिन तुम्हारा? मेरा तो काफ़ी हेक्टिक था यार, पब्लिशिंग इंडस्ट्री के अपने अलग झंझट हैं। ऐसी-ऐसी किताबें एडिट होने आती हैं, लगता है क्यों लिखी गई थीं। आजकल कोई भी लिख रहा है, और कुछ भी लिख रहा है," आकृति ने एक साँस में अपना सारा दुःख गा दिया।

आकृति एक पब्लिशिंग कंपनी में जूनियर एडिटर है।

अर्पित ने उसकी ओर देखते हुए कहा, "ठीक था। वो शामली वाली स्टोरी कर रहा हूँ।"

ये सुन आकृति एकदम चौंक गई, "पागल हो क्या? उस स्टोरी के पीछे क्यों पड़े हो? तुम्हारा दिमाग़ ठिकाने है? कितनी रिस्की स्टोरी है, तुम्हें पता भी है? पागलपन मत करो। कुछ टेक और कल्चर से जुड़ा कर दो। और क्राइम तुम्हारा बीट है भी नहीं"।

अर्पित ने जैसे आकृति को अनसुना कर दिया और वेटर को बुलाकर बोला, "चार 30 ML जिन और टॉनिक वाटर ले आओ।"

आकृति ने फिर से दोहराया, "तुम सुन रहे हो ना, तुम ये स्टोरी नहीं कर रहे हो। और मेरा अभी वर्क फ्रॉम होम चल रहा है, और मुझे तुम्हारा वक़्त चाहिए।"

"आकृति, समझने की कोशिश करो। तुम किसी दोस्त के घर चली जाना। मुझे ये स्टोरी कर लेने दो, कुछ ही दिनों की तो बात है," अर्पित ने समझाते हुए कहा।

आकृति की आँखों में आँसू थे, पर अब अर्पित को रोक पाना लगभग नामुमकिन था। अर्पित भी बहुत बड़ी दुविधा में था। उसने आकृति को सब कुछ बता देना चाहा, "सुनो आकृति, मैं पिछले दिनों काफ़ी परेशान रहा हूँ। लग रहा है कि मैं पत्रकारिता बस स्वार्थ पूर्ति के लिए कर रहा हूँ। हर बार किसी ऐसी कहानी की खोज में चला जाता हूँ जहाँ मुझे गरीबी या भुखमरी दिखती है। और उस स्टोरी को कभी जलवायु परिवर्तन, तो कभी सरकारी अनदेखी के नज़रिए से लिख कर ख़ुश होता रहता हूँ क्योंकि मुझे पता होता है कि मुझे इस कहानी के लिए अवॉर्ड मिलेगा– उसमें कुछ पैसे होंगे और मुझे पहचान मिलेगी, सो अलग। पर मेरे लिख देने से होता कुछ नहीं है। उससे बस मेरा भला होता है। मुझे बड़े-बड़े सेमिनार, विश्वविद्यालयों में बुला लिया जाता है, ग्रांट मिल जाता है। और मैं ख़ुश होता रहता हूँ। मैं किसी की जिंदगी

में बदलाव लाने में बिल्कुल असमर्थ सा महसूस करता हूँ। मेरे अंदर से पत्रकारिता का जो जुनून था, वो जैसे ख़त्म हो रहा है। अब लगता है धीरे-धीरे पत्रकार शक्तिहीन होते जा रहे हैं, लग रहा है कि हमारे बस में कुछ है ही नहीं।"

"जमाना गया जब कलम में ताकत होती थी। सरकार किसी पत्रकार के लिख देने भर से होश में आ जाती थीं और काम करती थी– अब कुछ नहीं होता। अब बस व्यापार होता है। मैं भी कहानियों का व्यापारी ही हूँ। कई दिनों परेशान रहने के बाद मुझे ये विचार आया कि मुझे बस कहानी कहनी चाहिए। जो भी नई कहानी मेरे पास आए– चाहे वो कैसी भी हो। क्योंकि कहानी कहना ही मुझे पसंद है। इसी से मेरे अंदर का अपराध बोध कम होगा।"

आकृति सब समझ गई थी। उसने कहा, "कम-से–कम तुम कुछ तो कर रहे हो। अभी तुम्हीं ने कहा, तुम्हें कहानी कहना पसंद है। तुम अपने लिए कहानी कहो– चाहे वो किसी की भी हो। इसमें ख़ुद को अपराधी मत समझो। अपराधी तो वो हैं, जो पत्रकारिता के नाम पर ढोंग करते हैं। और देश की सच्चाई दिखाना कब से अपराध हो गया? अगर देश में गरीबी है तो है, उसके बारे में लिखने में क्या अपराध बोध होना चाहिए?"

अर्पित सिगरेट जलाते हुए बोला, "बेबी, तुम समझ नहीं रही हो। कोई भी कहानी किसी चरित्र के बिना पूरी नहीं हो सकती। और हर कहानी का चरित्र उसको कहने वाले से बहुत कुछ आशा रखता है। जब भी मैं फील्ड पर जाता हूँ और सरकारी अनदेखी के शिकार लोगों से मिलता हूँ तो मैं उनकी उम्मीदों का बोझ नहीं सहन कर पाता।"

आकृति अर्पित की बातों से सहमत थी। उसे समझ आया कि अर्पित की खुशी उसको जाने देने में ही है।

"तुम्हें शामली जाना है तो चले जाओ। पर फिर प्रॉमिस करो कि तुम ऑफ़िस से छुट्टी लोगे और हम पहाड़ो मे घूमने चलेंगे," आकृति ने आँसू पोंछते हुए कहा।

अर्पित ने वादा कर दिया और अगले दिन शामली के लिए निकल गया। विजय ने उसको सलाह दी थी कि सड़क के उस मोड़ से– जहाँ पर हादसे होते हैं– एक किलोमीटर की दूरी पर मौजूद एक लॉज है। वहाँ वो रुक सकता है। अर्पित वहाँ एक कमरा लेकर रुक गया।

विजय ने अर्पित को बताया कि सड़क के उस मोड़ से, जहाँ पर हादसे होते हैं– 100 मीटर की दूरी पर एक चाय वाला है जिसका नाम किशोर है। "मुझे अंदाज़ा नहीं, उसके यहाँ चाय कितनी बिकती होगी। शायद बस लागत के बराबर ही बिक पाती होगी। पर वो दुकान रोज लगाता है। उससे मिलें?", विजय ने पूछा।

अर्पित ने तुरंत हामी भरी और विजय की मोटरसाइकिल पर दोनों निकल गए।

वह एक छोटी काठ की बनी स्टॉल थी, जिसके पास तीन-चार लोग बैठे हुए थे। अर्पित नहीं चाहता था कि वो किसी को बताए कि वो पत्रकार है– तो उसने ऐसे ही बैठ जाना पसंद किया।

विजय को चाय वाला जनता था क्योंकि विजय वहाँ पहले भी कई बार आया है, और जब उसका एक्सीडेंट हुआ था तो उसने सबसे पहले किशोर को ही फोन किया था।

“किशोर भैया, आपका स्टॉल 10 बजे उठ जाता है न, यहाँ कोई रुकता है रात में?”, विजय ने पूछा।

“नहीं, नहीं। एक पगला सोता है यहाँ बस”, किशोर ने कहा।

"वो बंदरा, जो दारू के नशे में रहता है हमेशा?", विजय ने हँस कर कहा।

"हाँ विजय भाई, वो बंदरा, अभी आ जायेगा। मेरे लिए तो फायदा है– पहरेदारी हो जाती है रात को" किशोर ने कहा।

अर्पित ने पास बैठे कुछ लोगों से पूछा कि यहाँ इतने एक्सीडेंट क्यों होते हैं? तो सबने एक स्वर में कहा, "यहाँ प्रेत रहता है, अब तो कोई निकलता भी नहीं यहाँ से रात में। सुनते हैं कि वो प्रेत रात में पेड़ की डाली गिरा देता है ताकि जो गाड़ी मुड़े वो टकरा कर किनारे के गड्ढे में गिर जाए।"

अर्पित थोड़ा अचरज में तो था ही पर अब उसे कहानी में कुछ रोचकता भी लग रही थी, उसने बोला, "किशोर भाई मैं विजय भाई के साथ पहली बार शामली आया हूँ, विजय भाई काफ़ी दिनों से बुला रहे थे। ये बंदरा मुझे बड़ा मज़ेदार आदमी लग रहा है, कितनी देर में आयेगा?", अर्पित ने चाय पीते हुए कहा।

"कुछ कहा नहीं जा सकता। बंदरा अपनी मर्जी का मालिक है पड़ा होगा कहीं दारू पीके, पर यहाँ टाइम पर पहुँच जाएगा, उसका वो पक्का है, 10 बजे मतलब 10 बजे।" किशोर चाय छानते हुए बोला।

अर्पित ने विजय से कहा, जब आए हैं तो बंदरा से मिलके ही चलते हैं शायद वही कोई सुराग दे दे। और वो दोनों इंतज़ार करने लगे। जैसे ही 10 बजे किशोर दुकान बंद करके जाने लगा। विजय थोड़ा असहज हो गया।

अर्पित ने किशोर से पूछा, "भैया बंदरा तो आया नहीं?"

किशोर ने भी आश्चर्य किया, "वो इतना लेट तो नहीं होता था कभी, शायद अपने किसी रिश्तेदार के यहाँ चला गया हो, पास में उसका जीजा

भी रहता है उसके यहाँ चला गया होगा। आप लोग कल आ जाना सुबह ही, वो 12 बजे के आस-पास मिल जायेगा। यहाँ पीटर की पंचर की दुकान पर बैठा रहता है, ये लोग उसको पाँच पचास रुपए दे देते हैं दारू पीने के।"

अर्पित थक गया था, उसने भी सोचा कि अब वापस जाना ही ठीक है। और वो लोग वहाँ से चले गए। अगले दिन जब वो आए तो देखा। एक धूल में लथपथ आदमी जिसके मुँह से लार उसकी ठुड्डी तक आ रही है– और आँखें बड़ी मुश्किल से खुल पा रहीं हैं, पीटर की दुकान के छप्पर में बैठा हुआ है।

अर्पित उसके पास जाकर बोला, "और बंदरा भाई, क्या हाल-चाल, बहुत किस्से सुने आपके?"

बंदरा उसकी और फिर विजय की तरफ़ बार-बार आँखें भींचे देखने की कोशिश कर रहा था। तभी पीछे से किशोर की आवाज़ आई, "विजय भाई, आपने सुना! कल सलीम पेंटर जो था उसका एक्सीडेंट हो गया। उसकी मौत हो गई। अब ये रोड पुलिस ने बंद कर दी है, अब घूमके जाना पड़ेगा हाईवे!"

विजय के मुँह से बस एक गाली निकली, अर्पित भी डर के मारे बैठ गया। बंदरा ये सब सुन हँसने लगा। "सब लोगों को ये ही रास्ते जाना है, मरेंगे ही। फक्की की बीबी का भूत मार रहा है सबको", बंदरा बोल पड़ा।

विजय ने अर्पित को बात का आधार बताते हुए कहा कि फक्की पास के एक गाँव का एक किसान था उसकी बीबी का यहीं कुछ लोगों ने बलात्कार किया और उसने अगले दिन फाँसी लगा ली। फक्की ने भी उसके मरने के दु:ख में कुएँ में कूद कर जान दे दी।

"फक्की बंदरा का बड़ा भाई था", पीटर ने पीछे से चिल्ला कर कहा।

अर्पित का शक थोड़ा गहराता चला गया कि कहीं न कहीं बंदरा का इन एक्सीडेंट से कुछ न कुछ लेना देना है। उसने बंदरा से पूछा कि कल वो कहाँ था। बंदरा ने उसका जवाब देना उचित नहीं समझा, और बोला- "तुम कौन भाई साहब?"

"जासूस हो?", बंदरा ने हँसते हुए कहा।

"नहीं नहीं भाई, ये मेरे दिल्ली के दोस्त हैं यहाँ घूमने आए हैं", विजय ने बात संभालते हुए कहा।

"मैं तो हमेशा यहाँ रहता हूँ, मेरी भाभी कहती है कि वो मारेगी जो भी आयेगा यहाँ", बंदरा ज़ोर से बोल के हँसने लगा।

अर्पित और विजय बिना देर किए उस मोड़ पर गए, जहाँ पुलिस ने नाका बना रखा था। SHO जिनका नाम गिरधर यादव है, उनसे अर्पित ने पूछा माजरा क्या है। अर्पित ने SHO को बताया कि वो दिल्ली से आया है और पत्रकार है।

दिल्ली से कोई पत्रकार आया है ये सुनकर SHO थोड़ा गंभीर हो गया और बोला, "देखिए अंधेरा रहता है रात में, लोग तो पैरानॉर्मल चीजों के बारे में बोलते रहते हैं, पर हम ऐसा नहीं मानते। पुलिस मानती है कि ये एक्सीडेंट हैं।"

अर्पित ने तुरंत सवाल दागा, "पर सर! कुछ सर्वाइवर का मानना है कि उनका एक्सीडेंट किसी पेड़ या स्पीडब्रेकर से टकराने से हुआ।"

SHO ने अपनी दलील का बचाव करते हुए कहा, "जी पुलिस इंवेस्टीगेट कर रही है, देखते हैं जैसा होता है। हम मीडिया को भी बताएँगे जो भी हमें पता चलेगा।"

अर्पित ने देखा कि जहाँ एक्सीडेंट हुआ है वहाँ लगभग एक मीटर का गड्ढा है। उसने विजय से पूछा ये गड्ढा पहले भी था। विजय ने जवाब दिया, "नहीं मेरा एक्सीडेंट तो स्पीड ब्रेकर की वजह से हुआ।"

अर्पित ने दोबारा पूछा, "कहीं तुम्हें कोई भ्रम तो नहीं है, ठीक से याद करो।"

"नहीं-नहीं अर्पित भाई। मैं स्पीड में था और मैं इस मोड़ से कई बार आया गया हूँ, मुझे पता है इसका एक -एक कोना। मैं एकदम जब बाइक को मोड़ा, बाइक थोड़ी झुकी और मैं फिसल गया, क्योंकि कोई स्पीड ब्रेकर अचानक से आ गया था", विजय ने कहा।

"रात भर में स्पीड ब्रेकर कौन बना देगा", अर्पित ने थोड़े संशय में बोला।

"मुझे लगता है बंदरा का हाथ है कहीं न कहीं इसमें?", विजय ने कुछ रुक कर कहा।

"पुलिस ने उस से पूछताछ तो की होगी", अर्पित ने बिना किसी भाव पूछा।

"हमेशा करती है और दो चार दिन चौकी में बिठा कर छोड़ देती है", विजय ने बताया।

अर्पित सोच ही रहा था कि क्यों न SP से मिला जाए और SP अरविंद मोहन की गाड़ी आ गई। SHO से बोलकर वो एसपी के पास गया और पूछने लगा। "क्या लगता है सर। क्या ये मर्डर्स हैं?"

"तुम पत्रकार हर चीज में सेंसेशनलिज्म ढूँढते हो", एसपी हँसते हुए बोला।

"कुछ तो बताओ सर", अर्पित ने भी मुस्कुराते हुए जवाब दिया।

"चलो एक कहानी सुनाता हूँ, एक आदमी एक बार सड़क पर जा रहा था उसने देखा रात को किसी की बाइक का एक्सीडेंट हुआ है और आदमी मर चुका है, उसने बाइक का सामान निकाला और घर ले आया, अगले दिन सारा सामान बेच दिया। इसके उसे कुछ पैसे मिले। अगले कुछ दिन बाद ऐसा फिर हुआ। उसे मज़ा आने लगा, उसने सोचा क्यूँ ना ऐसे एक्सीडेंट रोज हों तो कैसा हो। तो फिर जैसा उसने चाहा वैसा होने लगा।" एसपी ने अर्पित के कंधे पर हाथ रखते हुए कहा।

"सर आप भी क्या पहेलियाँ बुझा रहे हैं" अर्पित मुस्कुरा कर बोला।

"सही कह रहा हूँ। आराम से दिल्ली जाओ, अपनी स्टोरी लिखो, मुजरिम को अरेस्ट कर लिया है", और एसपी वहाँ से चला गए।

विजय और अर्पित जैसे ही किशोर की दुकान के पास पहुँचे तो पता लगा कि पुलिस ने पीटर को अरेस्ट कर लिया है। दरअसल पीटर ही रात को सड़क पर स्पीड ब्रेकर बना देता था। उसे अक्सर पता होता था कि वहाँ से कौन और कब जाने वाला है। अर्पित को अभी भी बात हज़म नहीं हो रही है। विजय का कहना है कि उसका एक्सीडेंट स्पीड ब्रेकर से हुआ है, पर आज का एक्सीडेंट एक गड्ढे के कारण हुआ है।

अर्पित ने विजय से पूछा क्या तुम्हें एसपी साहब की बात पर विश्वास हुआ।

विजय ने जवाब दिया, "बिल्कुल हुआ।"

अर्पित ने कुछ जवाब नहीं दिया और किशोर को चाय देने के लिए कहा। अर्पित की निगाह बंदरा पर जमी हुई थी।

चाय पीते हुए अर्पित ने बंदरा से पूछा, "आपको क्या लगता है बंदरा भाई, क्या पीटर ने ये एक्सीडेंट करवाए हैं?"

बंदरा उसकी तरफ़ देखने लगा जैसे एकदम से पहचान गया हो, और पास आकर बोला, "पीटर अपना भाई है, उसको कुछ नहीं बोलने का, पुलिस की माँ का खोपड़ा" और ज़ोर से हँसने लगा।

अर्पित अगले दिन सुबह दिल्ली आ गया।

आकृति ने आते ही उसे गले लगा लिया।

"बड़े परेशान लग रहे हो, क्या हुआ?"

"कुछ नहीं यार बस थक गया हूँ", अर्पित ने कहा, और जाकर सो गया।

अर्पित ने अगले दिन जाकर अपने एडिटर को बताया कि उससे वो स्टोरी हुई नहीं, इसलिए वो कोई और स्टोरी कवर बना ले।

उदयनाथ समझ गया कि कुछ काला है,उस ने अर्पित की बात नहीं मानी, "कोई बात नहीं। मैं कोई ब्लाइंड पीस भी पब्लिश कर दूँगा। जो भी तुम्हें शामली में मिला है मुझे दे दो।"

"उदय, आप प्लीज़ समझिए। कोई स्टोरी नहीं है मेरे पास। शामली में पुलिस ने किसी पीटर को अरेस्ट किया है पर मुझे लग रहा है कि वो रियल कल्प्रिट नहीं है", अर्पित ने निराशा में कहा।

"कई बार चीजें विश्वास करने लायक नहीं होती पर हम स्टोरीज के बिजनेस में है डार्लिंग। जो भी है भेज दो, वैसे भी हमारा अखबार पढ़ता कौन है?"

"हाँ! तुम्हें ज़रूर पढ़ते हैं लोग", उदय ने ये कहकर फोन काट दिया।

अर्पित को ये बात चुभ गई। उसने स्टोरी लिख ली, और आकृति को पढ़ाई भी। आकृति ने कहा, "बढ़िया तो है, तुम इतना मुँह क्यूँ बनाए

हुए हो" पर अर्पित को जो अधूरापन उस स्टोरी में दिख रहा है वो किसी को नहीं दिख रहा था। ये अधूरापन उस बात से नहीं था कि अर्पित को शक है कि ख़ूनी कोई और है, बल्कि इस बात से था कि पीटर की असली कहानी, उसकी कहानी में नहीं है।

कौन है पीटर? कहाँ से आया? क्यूँ किया अगर उसने ही ये सब किया? क्या एसपी सही कह रहा था? क्या बंदरा पर उसका शक एकदम ग़लत था? उसने ये सारे सवाल आकृति से पूछ डाले।

आकृति ने उसकी ओर देखा और बोला, "पूरी कहानी किसी की नहीं होती लव! सबकी कहानी अधूरी ही होती है। अभी पीटर को अरेस्ट ही किया है, कोई चार्जेस प्रूफ भी नहीं हुए हैं। ऐसे ही चलती है ज़िंदगी। असली सच तक पहुँचते-पहुँचते, हम अपनी ज़िंदगी कई तरीके के छद्म सत्यों को जीते-जीते बिता देते हैं।"

"तुम्हें क्या लगता है पीटर और बंदरा जैसे लोगों को जेल में रखने के लिए चार्जेस प्रूफ होने की ज़रूरत होती है", अर्पित ने एक दबी हँसी के साथ एक सिगरेट जला ली उस अधूरी स्टोरी को एक पर्सनल ऐसे के रूप में भेज दिया।

"क्या है शामली की दुर्घटनाओं के पीछे की कहानी।"

अर्पित राज, शामली

यह मेरे लिए एक कठिन कहानी थी क्योंकि मैंने पहले कभी क्राइम बीट पर काम नहीं किया था। मैंने शामली की घटनाओं के बारे में बहुत कुछ सुना था– अजीब तो था, पर ये कहानी मुझे सोने नहीं दे रही थी। एक पत्रकार या एक कहानीकार के तौर पर ऐसी खबरें या कहानियाँ आपके अनुभवों को नया आयाम देतीं हैं।

जब मैं दिल्ली से शामली पहुँचा तो बहुत थका हुआ था। मैं बस स्टैंड से लगभग 500 मीटर पहले, उस मोड़ पर, जहाँ पिछले कुछ महीनों में 10 से अधिक दुर्घटनाएँ हो चुकी थीं, बस से उतर गया। मेरे सोर्स ने सुझाव दिया कि मैं उस मोड़ के पास एक लॉज में एक कमरा ले लूँ ताकि मुझे आने-जाने में आसानी हो।

जिस लॉज में रुका वहाँ लोग मुझे दिलचस्पी से देख रहे थे, और मेरे पूछने पर इस कहानी के नए-नए पहलू बता रहे थे। मुझे यहीं समझ आ गया था– इस कहानी को कहने के लिए इसके आसपास मौजूद भ्रमित करने वाली कई अन्य कहानियों को समझना होगा, और उनसे दूर रहना होगा। एक ज़िम्मेदार पत्रकार के रूप में मुझे पता था कि मुझे कहानी को वैज्ञानिक दृष्टिकोण से देखना है। हालाँकि, जमीनी स्तर पर असाधारण चीजों में विश्वास इतना मजबूत था कि इसे नज़रअंदाज करना लगभग असंभव था।

कोई कहता शापित आत्मा बदला लेती है, तो कोई कहता, सरकारी अनदेखी है। सरकारी अनदेखी वाली बात थोड़ी मुझे ज़्यादा सच के करीब लगती क्योंकि उस मोड़ पर मौजूद एक मात्र स्ट्रीट-लाइट– जो कि दो-तीन घटनाएँ होने के बाद जाकर बनी– काम नहीं करती थी। पर इस बात से इनकार कर पाना मुश्किल था कि इन घटनाओं के पीछे कोई सीरीअल किलर हो सकता है।

इसके तीन कारण थे– पहला, घटना की एक जैसी वजह, और एक जैसा तरीका, दूसरा सभी सरवाइवर्स का कहना कि उनकी बाइक किसी स्पीड ब्रेकर से टकराई, और तीसरी उस सड़क की अजीब हालत। क्योंकि वो ना तो इतनी चौड़ी थी कि लोग तेज़ रफ्तार में आयें, रोड भी कच्ची ही थी तो कोई भी वाहन 40 किलोमीटर प्रति घंटे की रफ्तार से अधिक चलाना ही संभव नहीं लगता। सड़क में इतना घुमाव नहीं था

कि बिल्कुल अंधा मोड़ बने, जैसा उस सड़क के बारे में प्रचारित किया जाता है। ऐसे में एक्सीडेंट से मर जाना थोड़ा मुश्किल मालूम होता था।

यहाँ रहने वालों का दावा था कि हाईवे को जोड़ने वाली ये सड़क एक आत्मा के प्रकोप से ग्रस्त है। यहाँ के लोग और सर्वाइवर कहते हैं कि तेज़ रफ्तार वाहन (ख़ासकर बाइक) रात के अंधेरे में किसी "स्पीड ब्रेकर" से टकरा जाते हैं और दुर्घटना का शिकार बन जाते। जबकि वहाँ कोई स्पीडब्रेकर है भी नहीं है।

इस कहानी को खोजते हुए, मैं सबसे पहले सड़क के किनारे पर बने एक चाय के स्टॉल पर पहुँचा। इस स्टॉल का मालिक– किशोर नाम के व्यक्ति ने बताया, "लोग अंधेरे के बाद यहाँ आने की हिम्मत नहीं करते," उसने कहा, "लोग कहते हैं कि एक आत्मा वाहनों को असंतुलित कर देती है।"

किशोर से मुझे एक व्यक्ति का पता चला जिसका नाम बंदरा था। जिसका मानसिक संतुलन ख़राब बताया गया था, उस दिन उस से मुलाक़ात नहीं हो पाई।

जिज्ञासावश, मैं वहाँ दोबारा आया और मैंने एक व्यक्ति को पंचर की दुकान पर बैठे हुए देखा। यह बंदरा ही था। जो हर समय इस सड़क के आसपास मौजूद रहता था। उसकी आँखें मेरी तरफ़ शराब के नशे की धुंध में देख रही थीं। उसने गुस्से और उपहास के स्वर में कहा, "फक्की की बीबी सबको मार रही है।" फक्की पास के एक गाँव का एक किसान था। उसकी बीबी का यहीं बलात्कार हुआ था और उसने अगले दिन फांसी लगा ली। और फक्की ने भी उसके मरने के अवसाद में कुएँ में कूद कर जान दे दी। फक्की, बंदरा का भाई था। ये कहानी कुछ-कुछ बॉलीवुड फिल्म जैसी लग रही थी।

अगला दिन इस कहानी में और पेचीदगी ले आया क्यूँकि एक और घटना हो गई थी– सलीम नाम का एक व्यक्ति उसी सड़क पर हुए हादसे में मारा गया था। यह बहुत डरावनी घटना थी और इस बार इसका कारण कोई स्पीड ब्रेकर नहीं, बल्कि सड़क में बना एक गड्ढा था। बहुत अजीब बात थी– रात भर में इतना बड़ा गड्ढा कैसे बन गया– किसी ने तो वो बनाया था। कुछ लोग इसे भी फक्की की बीबी के गुस्से से जोड़ रहे थे।

पैरानोर्मल चीजों पर विश्वास करना कितना आसान होता है। अगर कुछ समझ नहीं आता तो लोग तुरंत उसको किसी असाधारण शक्ति या चीज से जोड़ लेते हैं।

मुझे धीरे-धीरे समझ आया कि आम लोग ही नहीं, बल्कि पुलिस में से भी कई लोग इसको आत्मा का प्रकोप कहते हैं। यहाँ के क्षेत्रीय पत्रकारों के लिए ये ख़बर काफ़ी मसालेदार थी। मैंने जब यूट्यूब पर यहाँ की वीडियो रिपोर्ट्स देखीं तो दंग रह गया। यहाँ के पत्रकार इस ख़बर को इस तरीके से परोस रहे थे कि उसपर हँसी और रोना दोनों आ सकता है– कोई भी ख़बर सच को तलाशती नज़र नहीं आती थी। सब भिन्न-भिन्न तरह की कन्स्पिरेसी या पैरानॉर्मल संसार का राग आलाप रहे थे। कुछेक जो इसमें सीरीअल किलर के ऐंगल को ढूँढ रहे थे उनकी खबरें भी पुलिस जांच के इर्द-गिर्द निकली अतिशयोक्तियों से भरी थीं।

जवाब खोजते हुए, मैं पुलिस अधीक्षक, अरविंद मोहन के पास पहुँचा। उन्होंने एक दिलचस्प अंदाज में एक संदिग्ध की गिरफ्तारी के बारे में बताया। अरविन्द मोहन के बात करने के तरीके से मुझे ऐसा लगा मानों सलीम की दुर्घटना ही इस केस को सुलझाने की अंतिम कड़ी थी। जब मैं वापस उस चाय की स्टॉल पर लौटा तो पता चला कि, पीटर– जो सड़क किनारे पंक्चर बनाने वाली दुकान चलाता है– उसको गिरफ्तार किया गया है।

पीटर का इस कहानी में आ जाना बहुत शंकाएँ पैदा करता है क्योंकि पीटर के बारे में अधिक जानकारी नहीं मिल सकी है– कौन है पीटर? कहाँ से आया है? लोग कहते हैं कि वो 8 साल की उम्र से पंचर जोड़ता है– पर ना तो कोई उसका सगा साथी है, ना ही दोस्त। बहरहाल, पीटर ने रात में अस्थायी स्पीड ब्रेकर लगाने की बात कबूल कर ली– पीटर ने स्वीकार किया कि लालच ने उसको प्रोत्साहित किया। वह उन अनजान लोगों का शिकार करता था ताकि वो उनकी बाइक के पुर्जे चुरा सके।

पर कैसे बनाता था? क्यों बनाता था? कब बनाता था? किस चीज से बनाता था?– ये सब किसी को नहीं पता था। पुलिस जल्द ही और जानकारी देगी। पर सबसे बड़ा सवाल एक और था कि पिछले सभी हादसों में एक स्पीड ब्रेकर शामिल था। सलीम की मौत का हादसा एक गड्ढे के कारण हुआ। ये सब इतना अलग क्यों है?

पुलिस को अभी काफ़ी सवालों के जवाब देने हैं।

ये भी शायद मेरी उन सभी अधूरी कहानियों की तरह ही एक अधूरी कहानी है, जो मैंने आज तक लिखीं हैं। मैंने पीटर से ज़्यादा बात नहीं की, पर वो मेरी कहानी का एक हिस्सा है– बहुत महत्त्वपूर्ण हिस्सा। वो कातिल है कि नहीं ये तो न्यायालय तय करेगा– पर मुझे इस बात का दुःख है कि इस कहानी में उसकी कहानी कहीं नहीं है। और उसकी कहानी इतनी दिलचस्प नहीं है कि दिल्ली के पत्रकार उसके पास पहुँच जाएँ और उसकी कहानी खोज लाएँ।

उसकी कहानी हमेशा गुम रहेगी।

उस मोड़ पर कई सालों तक कोई हादसा नहीं हुआ। पीटर के ख़िलाफ़ कोई भी तथ्य साबित नहीं हो पाया और 20 साल बाद उसकी तपेदिक से जेल में ही मौत हो गई।

अर्पित ने इस घटना पर एक उपन्यास लिखा। इस उपन्यास में भी पीटर की कहानी नहीं थी।

■

लुटेरी तवायफ़ें

शादियों का सीज़न आते ही रेशमा तैयारी करना शुरू कर देती। मेकअप से थोड़ा घबराती थी, लेकिन उम्र छुपाने की जद्दोजहद रहती थी हमेशा। चेहरे को कैसे सवारें, क्या करें, क्या न करें– ये सब परपंच उसे समझ नहीं आते। वैसे उसकी बेटी जूली जानती थी कि माँ के बिना आस-पास के आठ गाँव में शादी नहीं हो सकती थी। उसकी माँ की असली सुंदरता उसकी सहजता थी– पैनी नाक, भूरी आँखें और लंबे घने बाल। उसकी ख़ूबसूरती और उसके विशेष व्ही-नेक ब्लाउज़ में छिपे स्तनों का उभार, ऊँची जाति के परिवारों के पुरुषों के लिए एक गहरी सेक्सुअल कल्पना बन जाता था।

कई सालों तक बस सूरमा और कोई टेलकम पाउडर लगाए चली जाती, फिर भी देखने वालों की भीड़ इतनी होती कि अगर समय से नहीं आए तो रेशमा को बिना देखे जाना होता। कई दफ़े जब रेशमा नाच रही होती, तो वह चोरों के लिए चोरी का सही वक़्त हो जाता था।

उम्र 50 छू लेने के बावजूद रेशमा की ठोर कम न हुई। कमर में वही लचक बड़ी-बड़ी आँखें, वही तीखापन। शाम के वक़्त चाय पीते हुए वह

खिड़की के पास बैठी हो तो राह चलता हर व्यक्ति एक बार उसकी तरफ़ ज़रूर देखना चाहता था। और उसके लिए भी मुस्कुराना उसकी इंसानी भावुकता का हिस्सा था। वह अपने आपको किसी कामुकता से इतर एक जगत प्रेमिका के रूप में स्थापित महसूस करती थी, जो सच भी था।

लोगों में रेशमा को जान लेने की चाह इतनी थी कि गाँव का कोई लड़का बिना रेशमा के जवान नहीं हुआ। वह क्या करती है, कब खाती है, कितने बजे उठती है– सबको सब पता था। उसकी पनारे, जहाँ वह नहाती थी, आज भी झाँकने वाले लड़कों का अड्डा थी। अगर किसी को उसके स्तन की एक झलक भी मिलती, तो वह दोस्तों के बीच गर्व से कहता कि उसने रेशमा को नग्न देखा। इस तरह, रेशमा के इर्द-गिर्द पनपे एक कल्पनात्मक संसार ने किशोर लड़कों की दुनिया में रंग भरा।

कुछ तो बात थी रेशमा में, जो गाँव का हर मर्द उसका नाम लेते ही खिलखिला जाता। कितने ही लोगों को रेशमा से प्रेम हुआ, कितनों ने गाँव से भाग चलने की बात कही। लेकिन रेशमा वहीं रही जहाँ थी, वह ठहरी थी। माँ बनने के बाद भी उसकी पूछ कम न हुई।

रेशमा धीरे-धीरे एक विचार हो गई– लोग उससे प्रेम और नफ़रत दोनों करना चाहते, लेकिन जो भी उस से मिला उसको उस से प्रेम ही हुआ, ख़ासकर उन तवायफ़ों को जो समाज के रूढ़िवादी मानदंडों के चलते तिरस्कार का सामना कर रही थीं। उनके लिए रेशमा दीदी का प्रेम एक सुखद एहसास था और एकमात्र सहारा। रेशमा भी इन महिलाओं और लड़कियों के प्रेम में अधिक सहज और ख़ुश होती, अब मर्द के साथ होने की चाह नहीं बची, वह बस इन तवायफ़ों के साथ जीवन बिता देना चाहती थी।

जूली अपनी माँ का शृंगार करती, जैसे माँ न हुई, उसकी बेटी हो, इतने प्रेम से सँवारती जैसे उसको किसी मॉडलिंग प्रतियोगिता में भेजना

चाहती हो। जूली, माँ में एक गहरी दोस्त देखती थी– एक ऐसा साथी जिसमें एक माँ को लेकर मोह के अलावा भी साथ जीवन जीने की इच्छा समाए हुए थी। और रेशमा के लिए भी जूली उसके एकाकी जीवन का एक मात्र सहारा थी।

खिड़की से बाहर ताकती रेशमा एकटक देखे जाती, जैसे किसी का इंतज़ार कर रही हो, जो अब कभी नहीं आएगा। जूली की आवाज़ सुनते ही वह अपनी रोज़ की मुस्कान को ढकेलकर वात्सल्य की एक हँसी ओढ़ लेती। जैसे प्रेम का रास्ता आसान हो।

"गाड़ी आ गई माँ, कहाँ जा रही हो?", जूली ने पूछा।

रेशमा ने उसके कंधे पर हाथ रखते हुए कहा, "पिपरसमा गाँव के सरपंच के बेटे की शादी है। मैं, अंजली, मंजू, प्रीति और गुलाब जा रहे हैं। बंटी, तबला और पप्पू हारमोनियम पर जाएगा। तेरे लिए रोटी बनाई रखी है, कटहल भी बनाया है। शादी से इमरती-जलेबी ले आऊँगी।"

जूली, माँ द्वारा उसके लिए की गई चिंता और प्रेमभाव को अपनी खिलखिलाती हँसी से स्वीकार करती।

जूली ने सोचा कि आज के आर्केस्ट्रा के ज़माने मे ढोलक-हारमोनियम पर नाच गाना कैसे होगा? और माँ से पूछा, "माँ, तू फ़िल्मी गानों पर कैसे नाचेगी?"

रेशमा थोड़ा सोच कर बोली, "सरपंच साहब पुराने आदमी हैं, नाच गाने की व्यवस्था पुराने अंदाज़ में ही होगी।"

जूली कुछ सोचकर फिर बोली, "क्या मतलब माँ, आर्केस्ट्रा नहीं होगा। आर्केस्ट्रा पर सब नाचते हैं, अब तो हमारे गाँव में भी आता है, पिपरसमा के सरपंच साहब तो बहुत अमीर हैं, वो तो मँगाएँगे ही। आर्केस्टा पर नाच होता है, लोग छेड़ते हैं– गंदे-गंदे इशारे करते हैं।"

रेशमा ने सूखी हँसी हँसते हुए कहा, “वो तो हमेशा होता है बेटी, यही काम है, करना तो पड़ेगा। फ़िल्मी गाने होंगे तो फ़िल्मी गानों पर नाच लेंगे, नहीं तो हम तो गाने बजाने वाली तो हैं ही।” और रेशमा चल दी, लेकिन रेशमा इस पसोपेश में थी कि उसकी बेटी क़िस्मत वाली है या बदक़िस्मत। चल सकना, सुंदर दिखना और लचक होना तवायफ़ों को रोटी देता है, लेकिन उसकी बेटी न चल सकती थी, न ही वह उस जैसी सुंदर थी– फिर भी कढ़ाई-बुनाई करके उससे ज़्यादा पैसे कमा रही थी। क्या उसकी बेटी ने पीढ़ियों से चले आ रहे श्राप को छेग दिया? रेशमा की माँ के तीन बच्चे होने के बाद भी किसी ने उन्हें रंडी कहने की हिम्मत न की थी। लेकिन उसकी एक बेटी रंडी की बेटी कहलाती है, यह सोचते-सोचते एक आँसू ढह जाता है।

वक़्त कितना बदल गया। हमारा काम इतना बदनाम कभी नहीं था। बड़े-बड़े धन्ना सेठ मेरी माँ के आगे-पीछे मँडराते रहते। कभी यह बात नहीं उठी कि हम समाज की गंदगी कहलाएँ। रेशमा को वे रातें आज भी याद हैं, जब वह अपनी माँ के पास बैठी रात-रात भर गुनगुनाती रहती, “मेरे महबूब इस महफ़िल में मुहब्बत के सिवा कुछ भी नहीं...” और हर वक़्त उसके आँगन में लोगों का आना-जाना लगा रहता। लेकिन आज जब वह जूली के पास बैठती है, तो चिंता और दुःख से भर जाती है।

गुलाब, रेशमा का हाथ पकड़कर बाहर खड़ी टवेरा में खींच लेती है। उसे अपने पास बिठाकर पूछती है, “आपका मेकअप जूली ने किया?”

“नहीं यार! वह बेचारी कल से थोड़ी बीमार थी, तो मैंने उसे बताया ही नहीं। सुबह ही इतला किया”, रेशमा ने बिना किसी भाव के कहा।

“दीदी, आप तो बिना मेकअप भी हेमा मालिनी लगती हो। आपके आगे तो सारी हीरोइने फ़ेल हैं”, गुलाब चुटकी लेते हुए बोली।

“बस-बस, 50 साल की बूढ़ी औरत हूँ। अब काहे की सुंदरता! बस जूली की चिंता रहती है”, कहते हुए रेशमा शरमा गई।

“अरे, बहुत भाग्य वाली हो दीदी, जो जूली जैसी लड़की हुई। कहाँ-कहाँ से कढ़ाई के ऑर्डर आते हैं उसके पास। ख़ाली कपड़े को सजा डालती है, जैसे जादू हो उसके हाथों में। आपको तो नाचने की भी ज़रूरत नहीं और आप चिंता कर रही हैं?”, गुलाब ने कहा।

रेशमा एक हल्की मुस्कान ओढ़ते हुए बोली, “माँ की चिंताएँ कभी ख़त्म नहीं होतीं गुलाबो। वह भी मेरी तरह ग़ैर-ब्याही और लाचार रह जाएगी।”

“हो जाएगी शादी दीदी। आजकल तो हो जाती है। शहरों में मर्द समझदार हो रहे हैं और अभी तो वह पढ़ रही है।” गुलाब ने उत्साह से कहा।

“कहना आसान है। हम तवायफ़ों से जो मर्द शादी करते हैं, उन्हें समाज में जगह नहीं मिलती। जो मर्द किसी से प्यार करने में डरते नहीं, उनके मर्द होने पर लोग सवाल उठाते हैं। कहाँ से लाएँ ऐसे ‘न-मर्द’ जो तवायफ़ों से प्रेम करें और उनके साथ रह सकें?”, रेशमा ने थकी आवाज़ में कहा।

गुलाब ने रेशमा के कंधे पर हाथ रखकर दिलासा दिया।

मंजू, जो सब कुछ सुन रही थी, बोल पड़ी, “दीदी, रंडी और तवायफ़ एक ही होते हैं क्या?”, मंजू 23 साल की दुबली-पतली लड़की थी, जो बार-बार अपनी नथ को ठीक करती रहती।

रेशमा ने इस बिना संदर्भ के सवाल पर आश्चर्य से पूछा, “क्यों, क्या हुआ?”

"कल भरोसी का लड़का सलमा के पीछे लट्ठ लेकर पड़ गया। कह रहा था, 'हम रंडियों की वजह से कोई अपनी लड़की नहीं देता इस गाँव में।' हम तो नाच-गाना करती हैं, तवायफ़ हैं। रंडी थोड़ी हैं? क्या हुआ जो एक-दो मर्दों के साथ संबंध बना लिया। फ़िल्मवालियों के तो कई मर्दों के साथ चक्कर चलते हैं, उनसे तो यह नहीं कहते।"

गुलाब बोली, "ये भरोसी का बेटा सरकारी स्कूल के बाहर ज़ोर-ज़ोर से सिनेमा चलाता है फ़ोन में। उसमें नाच देखता-देखता घुस जाता है। उसको यह रंडीबाज़ी समझ नहीं आती? फूल-सी बच्ची के पीछे दौड़ गया। हम भी इंसान हैं। प्रेम-प्यार कर लेते हैं कुछ और हमसे शादी करने की तो हिम्मत नहीं इनमें।"

रेशमा को भी ग़ुस्सा आया। वह बोली, "इस भरोसी का ख़ुद का नाड़ा ढीला है। अपनी बुआ की बेटी तक नहीं छोड़ी इसने और इसका बेटा हमें ज्ञान दे रहा है? अबकी बार आए तो भेजना मेरे पास। मैं बताऊँगी इसको। तू परेशान मत हो। ये लौंडे कुछ करते नहीं। न नौकरी है, न और कुछ। अब शादी नहीं हो रही, तो हमें दोष दे रहे हैं। इतने अच्छे काम करने वाले होते तो हर कोई अपनी लड़की देता इनको। देख, हरिया बराई का बेटा। कितना बढ़िया लड़का है। टावर पर काम करता है, उसका तो ब्याह हो गया।"

फिर अंजली को याद आया कि कैसे पिछले महीने, जब वह और पप्पू माँगी पंडित के पोते की डस्टोन में गए थे, उसके साथ कुछ ऐसा ही हुआ था। माँगी पंडित का छोटा बेटा उसके साथ ज़बरदस्ती करने लगा। उसने उसके स्तनों को पकड़ लिया, गालों को चूमने लगा। जब अंजली ने कहा कि वह यह सब काम नहीं करती, तो वह गाली बकने लगा।

"साली राँड! दुनिया वाले गाँव को रंडियों का गाँव कहते हैं और तुम तो गाँव वालों को नहीं देती। किसको देती हो? बाहर वालों को? बाहर वालों की रंडी हो, गाँव में शरीफ़ सती बनती हो।"

न जाने कैसे वहाँ से अंजली भागी, यह वही जानती थी।

यह सब सोचते-सोचते अंजली सहम गई। वह रेशमा को टकटकी लगाकर देखते हुए बोलने लगी, "रेशमा दीदी, आप ग़लत सोचती हो। यह गाँव हमेशा से ऐसा ही था– ज़ालिम, नंगा।" और रोने लगी।

रेशमा के मन में जूली का ख़याल हमेशा हलचल मचाए रखता था। कहीं कोई उसकी बेटी पर ज़बरदस्ती न करे। जूली के अलावा उसका कोई नहीं था। जूली बहुत होशियार लड़की थी, पढ़ाई-लिखाई में अच्छी थी। अगर वह एक तवायफ़ की बेटी न होती, तो शायद कोई बड़ी अफ़सर बनती।

रेशमा जूली के जन्म के बाद से ही रंडी कहलाई। एक सभ्य समाज में किसी का बाप न होना सबसे बड़ा दोष माना जाता है। जूली का बाप तो सामाजिक खाल में छिपा रहा।

इस समाज में बाप के बिना कुछ नहीं होता। रेशमा ने अपने भाई सलीम का नाम, जूली के पिता के तौर पर स्कूल में लिखवा दिया, ताकि उसका दाख़िला हो सके।

रेशमा को पास के गाँव के घनश्याम ओझा से प्यार हो गया था और जूली उसी की बेटी थी। जब तक जूली छोटी थी, घनश्याम आता रहा। लेकिन उसका परिवार और समाज का डर के चलते वह आना-जाना कम करता गया। उसे इस बात का ग़म भी था कि उसकी एक बेटी पोलियो से ग्रस्त थी।

इस ग़म ने उसे धीरे-धीरे तोड़ दिया। जब जूली दस साल की हुई, तब घनश्याम चल बसा। जब तक वह ज़िंदा था, ख़र्चा उठाता रहा। उन पाँच-छः सालों में, जब तक जूली उसकी गोद में रही, रेशमा के लिए तवायफ़ से रंडी बनने का सफ़र शुरू हो गया था। गाँव वालों को लगता था कि बिना नाच-गाने के पैसा आना और बच्चा होना, रंडी होने का सबसे बड़ा प्रमाण है।

प्रीति, जो जूली की उम्र की थी, रुआँसी बैठी थी। उसने कहा, "मैं तो पिछले आठ साल से घोषित रंडी हूँ दीदी और यह मेरे मंगेश से प्यार करने की सज़ा है। उसके लिए मैं कितनों के साथ सोई, ताकि वह मुझे कुछ वक़्त दे, सहारा दे, पर वह तो मेरा दलाल बन गया। मैं जिस भी मर्द के साथ रही, मेरे मन में मंगेश ही था। लेकिन मंगेश के लिए मैं बस फ़्री की रंडी थी, जिसके पैसों पर उसने ऐश की।"

"सरपंच का बेटा उसका दोस्त है इसलिए आज यहाँ शादी में आएगा। मुझे उससे नफ़रत होनी चाहिए। मन करता है कि बंदूक़ उठाऊँ और मार दूँ उसे। लेकिन... मुझे उस हरामी से आज भी प्यार है" और प्रीति फूट-फूटकर रोने लगी।

गुलाब प्रीति को गले लगाते हुए चुटकी लेते हुए बोली, "रेशमा दीदी भी प्यार में पड़ी थीं, हैं न दीदी?"

रेशमा जैसे किसी सपने से बाहर आई। वह बोली, "हाँ।"

"प्यार के बिना हम जैसों का जीवन कैसे चलेगा। तू रो मत, बेटी। यह सब ज़िंदगी का हिस्सा है। उसे उसके कर्मों की सज़ा मिलेगी। तू बहुत बहादुर है, मुझे तुझ पर गर्व है।"

प्रीति की बातों से रेशमा के जीवन के कई हिस्से उसके सामने आ गए। उसे महसूस हुआ कि उसने भी प्रेम में ख़ुद को कमज़ोर पड़ने दिया

था। उसने कभी किसी से कुछ नहीं माँगा– न घनश्याम से, न समाज से, और न भगवान से। बस जो उसे सही लगा, करती गई।

उसने अपना सारा जीवन दूसरों के लिए समर्पित कर दिया था। उसे विश्वास था कि प्रीति उसकी ग़लती नहीं दोहराएगी और अपने लिए लड़ेगी।

इन सब बातों में पिपरसमा गाँव आ गया। स्टेज तैयार था। मर्दों का एक समूह सीटियाँ और किलकारियाँ मार रहा था।

"नचनियों का डांस होगा", उनकी आवाज़ गूँज रही थी।

यह सब सुनकर रेशमा को लगा जैसे वह किसी जंगल में नरभक्षी जानवरों के बीच फँस गई हो।

रेशमा सबसे आख़िर में डांस करने वाली थी। उसके लिए मर्दों का एक और समूह आने वाला था– वे मर्द, जिनकी जवानी ढल चुकी थी। दाँत गिर चुके थे, मुँह पोपला हो चुका था, लेकिन रेशमा का डांस देखे बिना उनका घर लौटना कभी नहीं हुआ। रेशमा से पहले उसकी माँ भी इन मर्दों की नग्नता को झेल चुकी थी।

इस बार स्टेज थोड़ा अलग था। पप्पू और बंटी बैठे रहे और किसी ने फ़िल्मी आइटम गाने बजा दिए। लोग नशे में धुत होकर नाच रहे थे। माहौल ऐसा भयावह था कि किसी को कुछ समझ नहीं आ रहा था।

मंजू, अंजली और गुलाब ने नाचना शुरू किया। पहली बार, वे बिना ढोलक और हारमोनियम के नाच रही थीं। उनका नृत्य ऐसा था, जैसे वे इंसान नहीं, रोबोट हों, जिनमें चाबी भर दी गई हो। लोग पैसे उड़ा रहे थे, स्टेज पर आकर उन्हें छू रहे थे।

एक आदमी ने मंजू का घाघरा ऊपर उठा दिया, और बाक़ी लोग हँसने लगे। जैसे-तैसे उसने ख़ुद को सँभाला और फिर से नाचने लगी।

कुछ 17-18 साल के लड़के मंजू को ऐसे चूमने लगे जैसे वे बरसों की भूख मिटा रहे हों।

इसी दौरान, किसी ने प्रीति के ब्लाउज़ में हाथ डाल दिया। उसने झटके से उसे हटा दिया और उस आदमी को थप्पड़ मार दिया। रेशमा के लिए यह सब नई बात नहीं थी। उसने कई बार ऐसी बदतमीज़ियों का सामना किया था, लेकिन उसमें यह हिम्मत कभी नहीं हुई कि किसी को थप्पड़ मार सके। प्रीति की हिम्मत पर उसे गर्व हुआ।

वहीं खड़ा मंगेश यह सब देखकर मुस्कुरा रहा था।

उस आदमी ने ग़ुस्से में प्रीति पर बंदूक़ तान दी और कहा, "कपड़े उतार, यहीं।"

रेशमा से यह बर्दाश्त नहीं हुआ। वह उठकर खड़ी हो गई और बोली, "यह हरकत नहीं चलेगी। सरपंच जी को बुलाओ।"

आनन-फ़ानन में सरपंच को बुलाया गया। सरपंच ने कहा, "यह मेरा भतीजा है। इसे कमरे में ले जाओ, वहीं कपड़े उतरवा लो। ये शरीफ़ तवायफ़ें हैं, सबके सामने कपड़े नहीं उतारतीं।"

फिर वह बंटी और पप्पू को बुलाने लगे, "अब रेशमा नाचेगी।"

रेशमा की छाती में जैसे कोई फाँस अड़ गई। उसने कहा, "सरपंच साहब, यह नहीं चलेगा। हम नाचने वाली हैं, कोई रंडी नहीं। यह गाँव की परंपरा है। आपकी बात चाहे जो हो, मैं नाचने नहीं वाली। प्रीति हमारी बेटी है, उसकी इज़्ज़त ऐसे कोई नहीं उछाल सकता। हम जा रहे हैं।"

सरपंच का भतीजा ताव में आ गया। उसने रेशमा पर गोली चला दी और प्रीति का ब्लाउज़ खींच दिया।

अफ़रा-तफ़री मच गई। सरपंच ने भतीजे के हाथ से बंदूक़ छीन ली और उसे वहाँ से भाग जाने को कहा। दस मिनट बाद जब माहौल शांत हुआ– गुलाब, रेशमा के पास बैठकर रो रही थी। रेशमा बस साँसें गिन रही थी और कह रही थी, "अगर मुझे कुछ हो जाए, तो जूली का ख़याल रखना।"

गुलाब उसे दिलासा दे रही थी कि उसे कुछ नहीं होगा।

प्रीति चुपचाप खड़ी यह सब देख रही थी। उसकी नंगी छाती पर अब भी लड़कों की भूखी निगाहें थीं। उधर मंजू किसी अँधेरे कमरे में पहुँचा दी गई थी, जहाँ मर्द बारी-बारी से उसे दबोच रहे थे।

पप्पू ने ढोलक सरपंच के भतीजे के सर पर दे मारी, जिससे बंदूक़ उसके हाथ से गिर गई। लोग पप्पू पर टूट पड़े।

प्रीति ने एक मिनट की चुप्पी के बाद बंदूक़ उठाई और उसे सरपंच पर तानकर कहा, "हमें जाने दो, वरना जान ले लूँगी।"

सरपंच डर के मारे सबको चले जाने का निवेदन करने लगा। प्रीति ने मंजू, अंजलि और बाक़ी सबको बुलाकर गाड़ी में बैठा लिया। जैसे ही वे जाने लगे, प्रीति ने मंगेश और सरपंच के बेटे के सीने पर गोली चला दी, और सब वहाँ से भाग निकले।

जब वे वहाँ से निकल रहे थे, बंटी ने मौक़ा देखकर दहेज में आए 20 लाख रुपये नकद और कुछ जेवर उठा लिए। शादी में डाँस करने आईं नचनियाँ ऐसी लूट को अंजाम देंगी, यह लूट करने वालों ने भी नहीं सोचा था।

रेशमा को सबसे बड़ा डर इस बात का था कि कहीं सरपंच के आदमी जूली को नुकसान न पहुँचाएँ। उसने अस्पताल जाने से इनकार कर दिया और सबसे पहले जूली को घर से ले चलने की बात कही।

जैसे ही वे रेशमा के घर पहुँचे, चार आदमी आग और लाठियाँ लेकर खड़े थे। प्रीति ने स्थिति को भाँपते हुए तुरंत टवेरा की खिड़की खोलकर दो गोलियाँ चला दीं। दो आदमी वहीं ढेर हो गए और बाक़ी भाग खड़े हुए।

बंटी ने तुरंत रेशमा के घर से जूली को उठाया और गाड़ी में बिठा लिया। वे वहाँ से निकल गए, लेकिन रेशमा की साँसें कमज़ोर पड़ती जा रही थीं। वह धीमे स्वर में कह रही थी, “मुझे अस्पताल मत ले जाओ। मैंने बहुत जीवन जी लिया। अब और इच्छा नहीं है, बस जूली का ख़याल रखना।”

यह कहते-कहते रेशमा ने दम तोड़ दिया। सब ज़ोर-ज़ोर से रोने लगे, लेकिन प्रीति बस पिस्टल को देखती रही और जूली उसे।

जैसे ही वे शहर पहुँचे, प्रीति ने पप्पू से पूछा, “बंबई की ट्रेन कितने बजे की है?”

पप्पू ने जवाब दिया, “रात एक बजे।”

प्रीति ने गाड़ी रेलवे स्टेशन की ओर मोड़ने को कहा।

गुलाब ने ग़ुस्से में कहा, “तूने सब बर्बाद कर दिया। अब क्या चाहती है? दीदी भी नहीं रही। थोड़ी तो शर्म रख। सारी ज़िंदगी उसने हमारे लिए इतना कुछ किया और आज हमारी वजह से मारी गई।”

प्रीति ने शांत लेकिन कठोर स्वर में कहा, “चुप करो दीदी। मुझे तुम्हारे ज्ञान की ज़रूरत नहीं। मुझे पता है मैं क्या कर रही हूँ।”

थोड़ी देर बाद उसने जूली से पूछा, “तू क्यों नहीं रोती? तेरे भी आँसू सूख गए क्या? तेरी तो माँ मरी है।”

जूली ने निर्भाव होकर कहा, “माँ ने मरकर मुझे इस धंधे से आज़ाद कर दिया। अब मैं अपनी बाक़ी ज़िंदगी अपने दम पर जीना चाहती हूँ, ताकि माँ मुझ पर गर्व कर सके।”

प्रीति ने एक लंबी साँस ली और मुस्कुराते हुए कहा, "गाड़ी रोको।"

"बंटी, जूली को उठा।"

बंटी ने झल्लाते हुए पूछा, "ये जंगल में क्या करना है तुझे? स्टेशन आने में अभी 15 मिनट का रास्ता है।"

जूली ने सख्ती से कहा, "जो कहा गया है, वो करो।"

जब बंटी ने गाड़ी नहीं रोकी, तो प्रीति ने गाड़ी में गोली चला दी। वे सारा सामान लेकर उतर गए।

प्रीति ने कहा, "पुलिस को ख़बर हो गई होगी। हमें बंबई भागना होगा।"

उसने टवेरा के डीजल टैंक में दो राउंड फ़ायर किया और गाड़ी में आग लगा दी। पिस्टल को भी गाड़ी में फेंक दिया।

रेशमा ने कभी नहीं सोचा होगा कि उसका अंतिम संस्कार इस तरह होगा। जब गाड़ी जल रही थी, तभी जूली की आँख से पहला और आख़िरी आँसू गिरा। उसे एहसास हुआ कि वह अपनी माँ से कितना प्रेम करती थी।

सभी ने बंबई की ट्रेन पकड़ ली। तवायफ़ों का यह समूह अब यायावर बन गया। वे एक अनचाही लूट के बाद भाग रहे थे। उन्हें विश्वास था कि वे पकड़े नहीं जाएँगे और अगर पकड़े भी गए, तो अब वे नाचने वाली नहीं रहीं– अब वे अपराधी थीं, वे लुटेरी तवायफें थीं।

अगले दिन अख़बार की सुर्खियों में छपा, "सरपंच की शादी में लूट और दो हत्याएँ, तवायफ़ों ने मचाई दहशत।"

■

मर्दानगी

फ़ोन को न छुए हुए पूरे पाँच मिनट और अठारह सेकंड हो चुके थे। निशांत का शरीर धीरे-धीरे शिथिल पड़ता जा रहा था। भीतर कोई झनझनाहट-सी हो रही थी– लग रहा था, क्या करे, क्या न करे।

सिगरेट पी ले?

नहीं। आज पहले ही 34 सिगरेट पी चुका है।

चाय पी ले?

हाँ, चलो चाय ही सही।

निशांत उठा और चाय बनाने लगा। गैस जलाई, पतीला चढ़ाया, कप से पानी नापा, फिर एक चम्मच चाय पत्ती और चीनी डाली। थोड़ा दालचीनी, और एक इलायची का टुकड़ा भी। चाय को उबलने के लिए रख दिया।

लेकिन जब तक चाय उबल रही है, तब तक क्या करे?

इंस्टाग्राम खोल ले? या फिर रेडिट या एक्स (ट्विटर)?

चलो, थोड़ा एक्स देख लिया जाए।

निशांत की एक्स प्रोफ़ाइल में कोई तस्वीर नहीं थी, और सिर्फ़ तीन फॉलोवर्स थे, जिनके बारे में उसे ख़ुद भी नहीं पता था। शायद बॉट अकाउंट होंगे। वो एक्स बस पॉर्न और मनोरंजन के लिए इस्तेमाल करता था, और रेडिट कम्युनिटी बनाने, और ज्ञान की बातें पढ़ने के लिए। बाकी इंस्टाग्राम और फेसबुक उसको बूमर्स के चोचले लगते थे। दोनों पर उसका अकाउंट था, और गाहे-बगाहे चला जाता, लेकिन उन पर कुछ भी पोस्ट नहीं करता था।

लेकिन उसका एक्स पर एक और अकाउंट था– 'वाइफ बीटर एसोसिएशन', जो काफ़ी फेमस था, लगभग एक लाख फॉलोवर्स। उसने ये अकाउंट कुछ पैसे कमाने के लिए बनाया था।

इस नाम के पीछे क्या भावना थी, ये शायद वो ख़ुद भी ठीक से नहीं जानता था। निशांत न शादीशुदा था, न ही हिंसक। उससे यह उम्मीद करना कि वो ऐसा कुछ कर रहा होगा, मुश्किल लगता था। लेकिन वो कर रहा था। निशांत दिखने में ठीक-ठाक था, और बुद्धिमान भी। लेकिन उसकी किसी से ज़्यादा बातचीत नहीं होती थी। वो ज़्यादातर अकेला रहता, और यही आदत उसके सामाजिक कौशल को धीरे-धीरे कुंठित करने लगी। उसे लगता था कि भारत में अगर कोई वर्ग सबसे ज़्यादा उपेक्षित और हाशिए पर है, तो वो है– उच्च जाति का पुरुष। जिसे न सरकार सुनती है, न समाज। जिसके कंधों पर परिवार पालने का सारा बोझ है, लेकिन जिसे कोई समझने वाला नहीं।

निशांत के अनुसार, महिलाएँ झूठे दहेज के आरोप लगाती हैं ताकि उन्हें ज़्यादा एलिमनी मिल सके, और झूठे यौन उत्पीड़न के आरोप इसलिए, ताकि उन्हें पैसे और सहानुभूति दोनों मिलें। उसे लगता था कि लड़कियाँ उन्हीं पुरुषों को पसंद करती हैं जो ज़्यादा कमाते हैं, और भरोसे के क़ाबिल तो वे बिल्कुल भी नहीं होतीं।

पुरुष बस एक असहाय प्राणी बनकर रह जाता है, जिसकी कोई नहीं सुनता।

लेकिन क्या वो इन बातों को दिल से मानता था? क्या वो सचमुच औरतों को ज़ालिम समझता था? शायद कहना मुश्किल है। हाँ, ये तय था कि वो इन बातों पर विश्वास करता था लेकिन कितनी गहराई से, इस सवाल का जवाब पाना और भी मुश्किल।

निशांत यह अकाउंट अकेले नहीं चलाता था। इसके पीछे दो और मर्द थे– निशांत और आलोक, जिन्होनें पहले कभी किसी लड़की से बात तक नहीं की थी। हाँ, थोड़ा-बहुत हाय-हैलो जो कभी ग़लती से हो गया हो, बस उतना ही। लेकिन सोशल मीडिया पर दोनों उन सभी लड़कियों को फॉलो करते थे, जिन्हें वे जानते थे। निशांत और आलोक हमेशा एक प्रेमिका होने का सपना देखते रहे, पर वो सपना कभी पूरा नहीं हुआ। निशांत को उसकी बुद्धिमत्ता और कौशल की वजह से लोग जानते तो थे, पर कभी वो अपने आप को किसी के समक्ष रख नहीं पाया। उसे अपनी बात कहने का तरीका नहीं आता था, या शायद हिम्मत नहीं थी। वहीं, आलोक का सिर्फ़ नाम ही अकेला बदनाम नहीं था, उसे लोग पूछते भी नहीं थे। वो हमेशा कुछ एक-दो लड़कों के छोटे से दायरे में ही घुला-मिला रहता, उसको लड़कों की दोस्ती बहुत भाती थी।

और एक था, रमन, जिसकी एक "गर्लफ्रेंड" थी– वो असल में उसकी गर्लफ्रेंड है भी कि नहीं, वो नहीं जानता था। रमन को लगता था वो उसकी प्रेमिका है, लेकिन उसकी प्रेमिका को क्या लगता था ये किसी को नहीं पता था।

इस समुदाय का एक एड-हॉक साथी भी था– आरुष। जो केवल कुछ महीनों के लिए मुंबई से अपने शहर वापस वर्क फ्रॉम होम के लिए

आया, और यहीं बस के रह गया। आरुष को मुंबई में न कोई दोस्त मिला और न ही कोई उद्देश्य। उसकी फर्स्ट प्रायोरिटी थी– नशा। बाकी सब उसके लिए बस दैनिक चीजें थीं। लेकिन इस ग्रुप के साथ, मैंस राइट उसके लिए एक महत्त्वपूर्ण चीज हो गई।

इस संगठन में शामिल होने की अनकही शर्त यही थी कि आप वो पुरुष हो, जो महिलाओं से संवाद न कर पाता हो। लड़कियों से बात कैसे करनी है, ये किसी को नहीं आता था। लेकिन इतना सबको ज़रूर मालूम था कि लड़कियाँ धोखेबाज़ होती हैं।

हर कोई किसी न किसी 'त्रिया-चरित्र' का स्वयंभू विशेषज्ञ था।

एक बार आरुष की संयोग से एक महिला मित्र बन गई थी। शायद उसकी शक्ल-सूरत की वजह से। लेकिन जब वही महिला मित्र, आरुष के ही एक दोस्त के साथ सो गई, तब से इस संगठन के भीतर मान लिया गया कि स्त्रियों के बारे में इनका ज्ञान ऐतिहासिक रूप से प्रमाणित हो गया है। ये कहानी इतनी बार, इतनी मजबूती से दोहराई गई कि "कैसे आरुष की प्रेमिका रांड निकली" ये वाकया इस संगठन के लिए एक तरह का बुनियादी साहित्य बन गया, और आरुष इस संप्रदाय का मैसेंजर।

चाय पीते समय निशांत का फ़ोन बजा– आलोक का कॉल था।

"गोनी भैया पर आजा।"

'गोनी भैया' की दुकान इस संगठन का अनौपचारिक ऑफ़िस है। यहीं सारे सदस्य आते, और बातों-बातों में अपने संगठन के लिए 'शोध' किया करते।

"गोनी भैया" कहने को तो बस एक चाय और सिगरेट की दुकान है, लेकिन असल में ये इस शहर के युवाओं का अड्डा है। यहाँ हर तरह

की विविधता देखने को मिलती है– कोई उच्चतम दर्जे का चरसी है, तो कोई इनसेल। कोई नारीवाद का समर्थक है, तो कोई कट्टर नारी विरोधी। कोई घर से काम करने वाला नशेड़ी है, तो कोई बेरोज़गार नशेड़ी। कोई बीड़ी पीता दिहाड़ी मज़दूर है, कोई शादीशुदा है तो कोई लौंडियाबाज़। कोई "चटक चमन" है तो कोई भरसक बुद्धिजीवी। कोरोना काल में तो गोनी भैया की दुकान मानो भारत की सबसे बड़ी 'युवा संसद' बन गई थी, जहाँ अमेरिकी चुनाव से लेकर टट्टी के रंग तक, हर मुद्दे पर गंभीर बहस होती थी।

निशांत स्कूटी लेकर पहुँच गया, आरुष पेपर ले आया, रमन गाँजा– और सब शुरू हो गए। बातें करना और गाँजा पीना, इस ग्रुप के रोज़ाना मिलन का औचित्य सिद्ध करता था। आख़िर गाँजा या दारू के बिना अब मिलना संभव भी कहाँ है? यह एक कठिन और बुनियादी सवाल है, जिसका उत्तर आज का युवा वर्ग अब भी ढूँढ रहा है। शायद मशरूम, एलएसडी या एक्स्टेसी लेकर भी लोग मिल सकते हैं। हो सकता है हम सब मिलकर कोई नया ड्रग ही ईजाद कर लें, कुछ ऐसा, जिसे करते हुए रोज़ दो घड़ी ढंग की बात भी हो सके।

चाय-पानी पर अब कौन ही मिलता है? यह तो अब हमारी पुरानी पीढ़ी भी नहीं करती थी, ख़ासकर मर्द। मर्द को दूसरे मर्द से मिलने के लिए गुटका, पान, बीड़ी कुछ न कुछ चाहिए ही होता है। अब तो औरतों को भी लगती है पहले भी लगती थी, बस अब खुलकर दिखती है। देखा जाए तो हर सभ्यता का एक नशा होता है। आदिवासियों की टोडी और बीड़ी, ग़रीब मज़दूर का पउआ और बीड़ी, मध्यमवर्ग का गुटका और रम और उच्चवर्ग की स्कॉच और कोकीन। अमीर गुटका नहीं खाते। वैसे गुटका तो भारत का विशिष्ट नशा है, जिस पर साहित्य की एक पूरी शाखा तैयार की जा सकती है।

चार्ल्स बुकोव्स्की, कैमू, हँटर एस. थॉम्पसन सबको किसी न किसी नशे के अमली के रूप में जाना गया। भारत में भी मुक्तिबोध बीड़ी के शौकीन, निर्मल वर्मा बियर के, सुधीर कक्कड़ सिगार के, बड़े– बड़े फिल्म स्टार गुटके से ज़ुबां केशरी कर रहे हैं। निजी ज़िंदगी में न सही विज्ञापनों में तो कर ही रहे हैं। लेखक हों या फ़िल्मी हस्तियाँ सबका नशे से एक जुड़ाव होता ही है। हमारे सभी 'आइडल' नशा करते हैं, तो युवा क्यों न करे? युवाओं पर इतनी ज़िम्मेदारी क्यूँ?

कॉलेज कैंटीन में समोसा कैसा मिलता है, इससे किसी को फ़र्क नहीं पड़ता लेकिन नाके पर माल मिलता है या नहीं, कौन बढ़िया चरस देता है– ये सब एक बुनियादी ज़रूरत बन चुकी है।

असल मसला यह नहीं कि कौन नशा करता है, कौन नहीं। मुद्दा यह है कि कौन-सा नशा 'स्वीकृत' है, और किसके लिए? उत्तर भारत में गुटका इतना लोकतांत्रिक है कि घर में आराम से खाया जा सकता है, वो अगर युवा चबाता भी है तो बच जाता है, उसके पापा मम्मी मान लेते हैं ठीक है भाई। बीड़ी थोड़ी ग्रामीण आत्मा रखती है तो वो ग़रीब का बेटा कर सकता है। सिगरेट थोड़ा बौद्धिक रुआब देती है, लेकिन यह विशेषाधिकार भी उन्हीं के पास है जिनका सामाजिक पूँजी पर कब्ज़ा है। पंडित हो, बनिया हो, अगर थोड़ा दबंग हुआ तो सिगरेट को कला बना देगा, और एक स्वीकृति भी मिल जाएगी।

मध्यम वर्ग में सिगरेट अक्सर दबंग किस्म के मर्द ही पीते हैं, बाकी मुँह में गुटका भरे दीवारें लाल करते हैं। सिगरेट पीने वाला, गुटका वालों को निम्नतर समझता है। वैसे, सिगरेट अब हर वर्ग में पहुँच रही है। लेकिन दारू अब भी जाति और वर्ग आधारित ही स्वीकृति पाती है, अगर आप ग़रीब हैं, तो शराबी। अगर अमीर हैं, तो 'शौकीन'। और अगर कोई इंजेक्शन की राह पकड़ ले, यानी हार्ड ड्रग्स की तो वह बातचीत से बाहर

हो जाता है। क्योंकि जब नशा ही इतना बेहतरीन हो जाए, तो बात करने की गुंजाइश कहाँ ही रह जाती है।

रमन ने पहला कश लिया और बोला, "आजकल ये माल केमिकल के बन रहे हैं।"

इसके जवाब में निशांत ने फटाक से जवाब दिया, "अरे मच्छर मारने वाला काला स्प्रे डलता है, उसी का नशा होता है। हम जहाँ से स्कोर करते हैं, वो छोटू ख़ुद बनाता है।"

ये सुनकर आलोक उठ खड़ा हुआ और बोला, "इसका मतलब हम एक साल से मच्छर मारने वाले स्प्रे से बने माल को पी रहे हैं?"

रमन, "और क्या? निशांत ही तो हर बार स्कोर करता है!"

आलोक देखते ही देखते रोने लगा, "भाई लोगो! हम मर जाएँगे। मुझे डर लग रहा है।"

ये सब सुनकर आरुष बिनक गया और बोला, "तू एक नंबर का पुसी है? अभी तक मरे? नहीं न! अरे हमारी कपैसिटी बढ़ गई है। हमें एक बार तो कॉक्रोच मारने वाले लाल स्प्रे से बने माल को भी पीना चाहिए। क्या बोलते हो?"

ऐसी बातों में रमन को बड़ी रुचि आती थी। रमन फट से तैयार हो गया। सभी ने सोचा कि लाल स्प्रे ख़रीदते हैं और गाँजे में मिलाकर पियेंगे। ये सोच-सोच के कि क्या ही नशा होगा, रमन बहुत ज़्यादा उत्साहित था। लेकिन निशांत ने उत्साह तोड़ दिया। वो बोला, नशा कल करेंगे।

इसके जवाब में आरुष पूछता है, "क्या दिक़्क़त है? आज यहीं माहौल बनाते हैं!"

रमन थोड़ा सिहर कर बोला, "हमारा पेज बंद हो गया, लोड़ू लोगों। पिछले महीने हमारे पास लगभग 90 हजार की कलेक्शन आई थी। सारा माल उसी से खरीदा, हम उन्हीं पैसों से ये सब कर रहे हैं, अब कहाँ से आएगा?"

रमन बोला, "ये तो किसी ने हमारी ले ली, किसी फेमिनिस्ट ने।"

आलोक ने बात को बेकार बताते हुए कहा, "हम नौकरी किस बात की कर रहे हैं, सब कमाते हैं इतना पैसों की ज़रूरत नहीं है हमें।"

रमन ने इसके जवाब में ज़ोर से बोला, "तुझे नहीं होगी ज़रूरत भाई! हमें है। हमारे पास थोड़ी है निशांत और आरुष जैसी घर से काम करने वाली नौकरी, न ही हमारा बाप तेरे बाप जितना अमीर है।"

निशांत ने सबको चुप कराते हुए कहा, "कल हमने एक्स (ट्विटर) पर एक स्पेस रखा था न, जिसमें काफ़ी लोग आए थे, हमारे फॉलोवर्स जो अमेरिका, इंग्लैंड जैसे देशों में रहते हैं, सब चर्चा कर रहे थे। पता नहीं कौन सिम्प साले जुड़े और ट्रेंड चलाने लगे, कि हम मिसोजिनिस्ट हैं, औरतों से नफ़रत करते हैं। एक तो हमको बोलता है, इंडिया का इनसेल ग्रुप। अरे हम जो भी हैं, उस से तुम्हारे बाप का क्या जाता है। इन सालों को क्या फ़र्क पड़ता है, हम कौन हैं और क्या कर रहे हैं? दुनिया भर में शोषित, और वंचित लोगों के अधिकारों की माँग होती है, हम भी तो वही कर रहे हैं।"

ये सुनकर आलोक खड़ा हुआ और सिगरेट जलाते हुए बोला, "इनकी माँ का..., सालों का यही काम है", एक कश लेने के बाद धुआँ छोड़ते हुए आलोक बोला, "ये भाड़ में जाएँ, मैं जा रहा हूँ हिमाचल, एक भाई है वहाँ, बोल रहा सस्ते में ओरिजनल माल देगा, टंच माल पियेंगे।"

इन्हीं बातों में महफ़िल बर्ख़ास्त हुई, सब अपने घर जाने लगे।

निशांत भी अपने घर पहुँचा। घर पहुँचते ही मोबाईल पर स्क्रॉलिंग में कब तीन बज गए पता ही नहीं चला। वो मोबाईल रखने ही वाला था कि उसको एक लड़की की पोस्ट दिखी, उस लड़की ने निशांत के पेज, "वाइफ बीटर एसोसिएशन" का स्क्रीनशॉट डाला था।

"Are you freaking kidding me??"

लाइक लिटेरली, वाइफ बीटर एसोसिएशन !

मतलब... तुम सच में सुबह उठे, ब्रश किया (maybe बिकज़ यू हैव वर्बल डाईरिया), और सोचा चलो आज बीवियों को पीटने वाली क्लब शुरू करते हैं? किस सदी में जी रहे हो तुम लोग?

क्या ही ज़हर भरा हुआ है दिमाग़ में bro, legit एक ग्रुप बनाया है जहाँ मर्द अपनी मर्दानगी का मालिकाना हक़ वापस माँग रहे हैं...

और सबसे ज़्यादा LOL ये कि ये लोग ख़ुद को victim मानते हैं feminism के।

Like bro, you're not oppressed, तुम बस अब सेंटर ऑफ अटेंशन नहीं हो। Deal with it.

डिअर WBA boys,

थोड़ा ग्रो अप। ज़रा बाहर जाओ, घास देखो, लाइफ देखो। या फिर थेरेपी ट्राय करो, कोई क्रिएटिव कोर्स कर लो कुछ ऐसा जो तुम्हें असली मर्द बना सके, बिना किसी पर हाथ उठाए।"

निशांत को ये देख कर गुस्सा तो बहुत आया लेकिन वो कुछ कर न सका। ये लड़की जिसका नाम अनुष्का था उसके प्यार में एक वक़्त निशांत पागल था वो उसकी कॉलेज क्लासमेट थी।

दो मिनट बाद, निशांत ने फिर फोन उठाया और अपना व्हाट्सप्प देखा, उसने अनुष्का का नंबर चेक किया, वो ऑनलाइन थी– जाग रही थी। उसको इस बात से ना जाने क्या कोफ़्त हुई, वो फिर से उसकी उसी पोस्ट पर चला गया। और पाँच मिनिट सोचने के बाद उसने इस पोस्ट के नीचे एक कमेन्ट लिख दिया।

"यार इतनी नफ़रत क्यों फैला रही हो? मैंने वो पेज देखा है... और आनेस्टली बोलूँ तो मुझे लगता है कि तुम लोग उसे ग़लत समझ रही हो। हाँ, नाम अजीब है, लेकिन शायद वो लोग सिर्फ़ समाज में मर्दों के साथ हो रहे unfair behavior पर ध्यान दिलाना चाहते हैं। सब कुछ misogyny नहीं होता ना... कभी-कभी बस दर्द भी होता है, जिसे कोई सुनता नहीं।"

दो मिनट तक ये कमेन्ट लिखा रहा। लेकिन गलियाए जाने के डर से निशांत ने वो कमेन्ट डिलीट कर दिया। और सो गया।

अगले दिन जब उसकी आँख खुली तब तक दो बज चुके थे, उसने सिगरेट जलाई और लैपटॉप खोल कर बैठ गया। उसका ऑफ़िस शुरू हो चुका था। इतने में उसके फोन पर एक टेक्स्ट दिखा।

ये अनुष्का का था, उसने लिखा, "हैलो निशांत! मैंने तुम्हारा कमेन्ट देखा जो तुमने डिलीट कर दिया, क्या वाकई तुम ऐसे विचार रखते हो? मुझे तो लगता था तुम काफ़ी शांत, सहज और अच्छे इंसान हो? जब क्लास में हम साथ थे तो लगता था तुमसे कभी बात करूँगी। पर तुम ऐसे होगे, कभी नहीं सोचा था। वो कमेन्ट पढ़ कर मेरा दिल टूट गया।"

निशांत को कुछ नहीं सूझा, उसने उस मैसेज का रिप्लाइ देते हुए लिखा, "वो ग़लती से मैंने लिखा दिया था, मैंने बाद में रीअलाइज़ किया कि वो पेज कितना प्राब्लमैटिक है तो मैंने डिलीट कर दिया।"

अनुष्का इस बात को मान गई और उसने कहा, "ठीक है! चलो तुम समझ तो गए कम से कम। मुझे लगा तुम भी ऐसे ही मर्दों में से ही हो।"

निशांत ने बचाव करते हुए कहा, "नहीं! नहीं! मैं ऐसा नहीं हूँ।"

और बात ख़त्म हो गई। निशांत के अलावा उसकी क्लास के कई और लोग भी अनुष्का को पसंद करते थे। लेकिन निशांत की कभी हिम्मत नहीं हुई कि वह उससे बात कर सके। कुछ समय बाद जब उसे पता चला कि अनुष्का का एक बॉयफ्रेंड है, जो उसे बड़ी गाड़ी में कॉलेज छोड़ने आता है, उस दिन निशांत बहुत रोया इतना कि जैसे उसका ख़ुद का ब्रेकअप हो गया हो। उस दिन से ग़ुलाम अली, सज्जाद अली, जॉन एलिया और जाने कितने शायर और गीतकार उसके पसंदीदा बन गए।

निशांत को कभी समझ नहीं आया कि उसे अनुष्का से इतना प्रेम कब हो गया लेकिन हो गया था।

समय के साथ यह प्रेम भी ख़त्म हो गया, लेकिन जब तक वह प्रेम उसके जेहन और दिमाग़ में था, उसकी ज़िंदगी काफ़ी अस्त-व्यस्त रही। कल जब निशांत अनुष्का की एक पोस्ट पर कमेंट लिख रहा था, तो उसे समझ ही नहीं आ रहा था कि यह वही लड़की है जिससे वह कभी प्रेम करता था। अब वह उसे एकदम आम-सी लग रही थी।

कॉलेज के दिनों में जब वह अनुष्का को देखता था, तो उसे लगता था कि वह कितनी सुंदर है और सुंदर लड़कियाँ पैसों से आकर्षित होती हैं, जो उसके पास नहीं थे। कुछ ही दिनों में सबको पता चल गया कि उसका बॉयफ्रेंड समीर है, और यह भी कि वह समीर के लिए कितनी

पागल है। फिर वह स्कर्ट की जगह सलवार सूट पहनने लगी, अकेले रहने लगी।

तब निशांत को उसके लिए सहानुभूति होने लगी। उसे लगा, चलो वह किसी से सच्चा प्यार तो करती है, पर उसके दिमाग़ में समीर के लिए गुस्सा रहा। निशांत ने ये कभी नहीं सोचा कि प्रेम को लेकर, उसकी अपनी भावनाएँ उन पुरुषप्रधान सोच से कितनी अलग थीं, जिनको वो पाले बैठा था। निशांत ने कभी प्रेम के बारे में सोचा ही नहीं।

आज जब वह अनुष्का को देखता है उसकी तस्वीरें, बिकिनी में, शहर-शहर, देश-देश घूमते हुए, कई मर्दों के साथ तस्वीरें डालते हुए, तो वह अब कम खटकती है। शायद इसलिए क्योंकि उसे ख़ुशी है कि उसने समीर जैसे लड़के को छोड़ दिया, उस समीर को, जिसने पैसे के दम पर उसे पाया था।

भले ही अब निशांत को अनुष्का को पाने की न कोई इच्छा है, न ही कोई संभावना लेकिन जो दुःख उसे उस वक़्त समीर और अनुष्का के साथ होने से पहुँचा था, वह दुःख उनके अलग हो जाने से पूरी तरह चला गया।

शाम को जब काम ख़त्म हुआ तो फिर से निशांत पहुँच गया, गोनी भईया की दुकान पर। यहाँ आज माहौल टाइट था। सारे लोग बैठे हुए थे, और उनको आलोक बता रहा था कि उसने "वाइफ बीटर एसोसिएशन" का एक बैक-अप पेज बनाया है।

निशांत ने, आरुष से गाँजा लिया और तीन कश मार कर बोला, "हम आख़िरकार कर क्या रहे हैं, भारत के इनसेल बनते जा रहे हैं, हमारी कोई इज़्ज़त नहीं; दुनिया हमें हीन भावना से देखती है। हम इनसेल नहीं हैं, हम मर्दों के अधिकार की बात करते हैं। हमारा कन्सर्न

बहुत जायज और ज़रूरी है। वाइफ बीटर एसोसिएशन जैसा नाम हमें मज़ाक़ की वस्तु बना देता है। हमें अपने ग्रुप का नाम, पुरुष अधिकार के आधार पर रखना होगा।"

रमन टाँग खींचते हुए बोला, "किसी लड़की से बात होने लगी क्या बे लोड़ु। क्यूँ ज्ञान पेल रहा है?"

और सब हँसने लगे।

निशांत अपना गुस्सा पी गया, लेकिन उसको अब ये सब करना अच्छा नहीं लग रहा था।

इस बीच आलोक कहता है, "ब्रोज रात में स्पेस रखते हैं एण्ड ट्रेंड चलाते हैं फेमिनाजी लोगों के खिलाफ़!"

आरुष ने पूछा, "लेकिन टॉपिक क्या होगा?"

रमन ने जवाब दिया, "अरे सिम्पल, मर्द जो सुइसाइड कर रहे हैं उसी पर करेंगे। पिछले महीनों में कितने ऐसे केस हुए, अतुल, सुभाष, इरशाद, जैसे कितने मर्दों को इन औरतों के चक्कर में जान गँवानी पड़ी। हम बात करेंगे, कैसे मर्द औरतों से धोखा खाकर मर रहे हैं।"

आरुष ख़ुश होकर बोला, "लेकिन हमारा भी कोई स्लोगन होना चाहिए, जैसे अमेरिकन मेंस राइट ग्रुप्स के होते हैं, मैंने एक बहुत ही मस्त स्लोगन सुना, "नो मीन्स यस, एण्ड यस मीन्स ऐनल।"

सब हँसने लगे।

रमन हाजिर जवाबी में कहा, "अरे भाई हम बोलेंगे–

न पड़ो सुंदर होल के झंझट में,

ऐसी औरत पैसे और जान ले जाए।

बीबी ऐसी घर में लाओ,

जो हँस के थप्पड़ खाए, रोटी भी गरम बनाए।"

निशांत सुनकर थोड़ा बिदक गया, "क्या बकवास स्लोगन है भाई, कैन्सल कर दिए जाएँगे। फेमिनिस्ट लोग, मार लेंगे हमारी।"

आरुष ने रमन को गले लगा लिया और बोला, "क्या मस्त काम करता है तुम मकसूद भाई!" और सब उछलने लगे। रमन इस पद से तुरंत हीरो बन गया।

रात में "वाइफ बीटर एसोसिएशन" की एक्स (ट्विटर) पर एक स्पेस शुरू हुई, जिसमें 500 से अधिक लोग जुड़ गए। आरुष, रमन, आलोक और निशांत ; चारों अपने-अपने अनाम (अननोनीमस) अकाउंट्स से जुड़े: आर्यनब्लड, माचोमेन, फकवुमन, और सूडोलसुमन।

स्पीकर लिस्ट में एडवर्ड (अमेरिका से), स्टीफन (ब्रिटेन से), और इमरान (पाकिस्तान से) भी शामिल थे, सभी वाइफ बीटर एसोसिएशन के वफादार अनुयायी।

चर्चा का विषय था, "कैसे औरतें मर्दों का शोषण कर रही हैं।"

एडवर्ड:

"देखिए, सच्चाई ये है कि औरतें अब बराबरी नहीं चाहतीं वो सिर्फ़ सारे फायदे अपने लिए चाहती हैं। मैं कैलिफोर्निया में रहता हूँ, और मेरी हाइट है 5 फुट 7 इंच। औरतें सिर्फ़ टॉप 1% मर्दों को चुनती हैं, उन्हीं के साथ डेटिंग, सेक्स, और शादी। तो हमारे जैसे आम मर्दों का क्या? या तो आप बिलियनेयर हों, या बॉडीबिल्डर, नहीं तो आपको कोई देखता भी नहीं। यह बहुत ही कठोर सच्चाई है।"

माचोमेन:

"भाई मैं भारत के एक छोटे शहर का 23 साल का इंजीनियर हूँ। यहाँ भी हाल यही है। छः महीने तक डेटिंग ऐप पर रहा, एक भी मैच नहीं मिला। अगर मेरे पास पैसा होता, मैं हैंडसम होता, तो लड़कियाँ ख़ुद मेरे पीछे भागतीं। इन्हें सिर्फ़ पैसा चाहिए, बड़ी गाड़ी चाहिए ये भी तो दहेज की ही एक नई शक्ल है। मेरे विदेशी साथियों को बता दूँ भारत में पहले एक बहुत बढ़िया परंपरा थी– दहेज। अगर लड़की को अच्छा मर्द चाहिए होता, तो उसके लिए दाम देना पड़ता था। अब वो प्रथा धीरे-धीरे गायब हो रही है। समाज में संतुलन बनाए रखने के लिए ऐसी प्रथाएँ होनी ही चाहिए।"

इमरान:

"बिल्कुल भाई! हमारे यहाँ भी औरतें ख़ुद को पीड़िता बताती हैं। लेकिन हकीकत ये है कि अगर उन्होंने एक झूठा केस कर दिया, तो आदमी का करियर, नाम, इज्ज़त सब ख़त्म हो जाता है। सोशल मीडिया पर बेहयाई फैला रही हैं, और जब बात निकाह की आती है, तो कार चाहिए, घर चाहिए, विदेश चाहिए! एक आम आदमी आख़िर करे तो क्या करे?"

फकवुमन:

"ये सब ब्रह्मांडीय असंतुलन है। जब सत्ता का संतुलन केवल स्त्री की ओर झुकेगा तो कल्याण कैसे होगा? स्त्री-सत्ता अब उग्र रूप ले चुकी है। पुरुष की ऊर्जा कुंठित हो गई है। यही कारण है कि परिवार टूट रहे हैं, औरतें शादियों में टिक नहीं पा रही हैं, ये तो ग़लत है न?"

इसी तरह की बातों के बीच ये स्पेस चलता रहा, बातों-बातों में किसी ने आलोक का नाम ले लिया, कई सोशल मीडिया चैनल्स पर एडमिन के रूप में अलोक का नाम वाइरल होने लगा था, लेकिन ये समूह

इस बात से अनभिज्ञ था, क्योंकि इस स्पेस के बाद, इस पेज के लगभग 20 हजार लाइक हो गए थे।

निशांत को समझ नहीं आ रहा था, लेकिन कुछ तो था जो उसे भीतर ही भीतर खटक रहा था। उसे लग रहा था कि वह कुछ ग़लत कर रहा है, पर क्या, यह साफ़ नहीं था।

रात में उसने अनुष्का को किया, "हैलो! कैसी हो?"

अनुष्का उस समय ऑनलाइन ही थी। पुराने क्लासमेट से बात करना उसे अच्छा लगा, और उसने तुरंत जवाब दिया, "मैं बढ़िया हूँ!"

निशांत: "बहुत साल हो गए कॉलेज को। मैं तो अभी वर्क फ्रॉम होम कर रहा हूँ, अपने होमटाउन से।"

अनुष्का: "बहुत सही! मैं भी मुंबई में एक नौकरी कर रही हूँ और दुनिया घूमती रहती हूँ।"

निशांत: "बहुत अच्छा! तुम तो काफ़ी फेमस थीं न कॉलेज में। तुम्हारे बारे में सब पूछते रहते हैं।"

अनुष्का: "अरे थैंक यू! हाँ, सबसे कभी न कभी बात हो ही जाती है। तुमसे नहीं हो पाई, तुम बहुत शाई थे न कॉलेज के दिनों में। तुम और तुम्हारा एक दोस्त था... क्या नाम था उसका...? तुम दोनों से ही कभी बात नहीं हुई। ख़ासकर तुमसे बात करनी थी क्योंकि सुना था तुम फिलॉसॉफर्स को पढ़ते हो।"

निशांत: "हाहा... हाँ, थोड़ा पढ़ने का शौक है। ओह, आलोक! शायद उसकी बात कर रही हो। यहीं है वो भी, उसका भी वर्क फ्रॉम होम ही चल रहा है।"

अनुष्का से बात करते-करते निशांत के चेहरे पर अनजाने में मुस्कान आ गई थी। उसे थोड़ा-थोड़ा एहसास होने लगा था कि शायद लड़कियाँ इतनी भी बुरी नहीं होतीं। लेकिन इसके आगे निशांत को बात करना नहीं आती थी, अब क्या बोले? तो बात ख़त्म हो गई।

निशांत ऑनलाइन रहा।

रात के तीन बजे अनुष्का ने एक स्क्रीनशॉट भेजा और लिखा, “ये तुम्हारा ही दोस्त है न, आलोक? देखो, ये वाइफ बीटर एसोसिएशन का ऐडमिन है, इसीलिए ही तो तुम इसे डिफ़ेंड कर रहे थे, सच अ डिसग्रैस मैन।”

यह मैसेज देखकर निशांत के होश उड़ गए।

उसे कुछ सूझ ही नहीं रहा था कि क्या करे, उसने कोई जवाब नहीं दिया और चुपचाप सो गया।

अगले दिन यह बात हर जगह फैल चुकी थी। कॉलेज के पुराने व्हाट्सएप ग्रुप से लेकर शहर के कैफ़े और कॉलोनी तक, चर्चाओं का बाजार गर्म था। शाम के पाँच बजे, वह ‘गोनी भैया’ की दुकान पर पहुँच गया। वहाँ सभी लोग पहले से मौजूद थे बस आलोक नहीं आया था।

“भाई, कांड हो गया! मेरी फट रही है, आलोक के घर तक बात पहुँच गई। उसे राजबीर ने पीट दिया!” रमन ने जल्दी-जल्दी बकते हुए कहा।

आरुष अपने ही अनभिज्ञ अंदाज में बोला, “राजबीर कौन है, भेंचो?”

निशांत ने समझाते हुए कहा, “राजबीर सुनाली का बॉयफ्रेंड है... और सुनाली, आलोक की बहन।”

आरुष गुस्से में आ गया, "भाई! कौन बहन अपने बॉयफ्रेंड से अपने भाई को पिटवाती है! क्या टाइम आ गया है, भाई!"

निशांत अब थक चुका था और पेज बंद कर देना चाहता था, "भाई, हमने ग़लत किया है। हमें पेज बंद कर देना चाहिए। और पेज से माफी माँग लेनी चाहिए।"

रमन इस बात से गुस्से में आ गया, "भाई, तू तो ऐसे मत बोल! तू हमारा मास्टरमाइंड है। आज जब हमारा साथी मुसीबत में है, तू ऐसे छोड़ के जा रहा है? तू तू... दुर्योधन है, साले दुर्योधन! मझधार में छोड़ के जा रहा है! हमें कोई रास्ता निकालना होगा, वरना हम सब फँसेंगे!"

निशांत (मुँह बिचकाते हुए)– "वो विभीषण होता है... और रास्ता यही है कि हम माफी माँगें और पेज बंद कर दें।"

इतने में आलोक आ गया।

उसने सीधे निशांत की कॉलर पकड़ी और एक ज़ोरदार थप्पड़ जड़ दिया, "साले सिम्प! बहन के घोड़े! बन गया हीरो। पड़ गई कलेजे को ठंडक।"

सब लोग बीच-बचाव करने लगे। गुत्थमगुत्था में धीरे-धीरे सच सामने आने लगा, निशांत, अनुष्का से बात करता था। और अनुष्का ने ही ये स्क्रीनशॉट आलोक के घरवालों को भेजा था। "हमेशा कहा जाता है सिम्प लोगों से दूर रहना चाहिए, साले हरामी होते हैं, चूत के चक्कर में भाई-भाई के सगे नहीं होते।"

सबकी नज़र में अब निशांत गुनहगार था।

"वो हमें धोखा दे गया।"

"WBA का नाम डुबा दिया साले ने।"

"उसी की वजह से आज हर जगह हमारी थू-थू हो रही है।"

निशांत को पीटने के बाद सब चुप हो गए।

उसे भी बहुत दुःख हो रहा था। जिस ग्रुप को उसने बनाया, जिसके ज़रिए पैसे कमाए, दुनिया भर में एक कम्युनिटी बनाई ; उसी कम्युनिटी के लोग उसे अब "धोखेबाज़" कह रहे थे।

निशांत घर लौटा। उसकी आँखों में आँसू थे। उसे लगा आलोक सबको सच बता देगा, उसका करिअर ख़त्म हो जाएगा, वो कहीं का नहीं रहेगा।

रात को 12 बजे फिर से अनुष्का का मैसेज आया, "Are you there?"

निशांत ने जवाब दिया– "Yes!"

उसके बाद पाँच मिनट तक कोई जवाब नहीं आया।

निशांत को लगने लगा कि एक न एक दिन सच्चाई सामने आ ही जाएगी, पर वो अनुष्का को क्या बोले? उसके पास शब्द ही नहीं थे। उसकी आँखों से लगातार आँसू बह रहे थे, उसे ख़ुद पर बहुत गुस्सा आ रहा था। वो बार-बार सोच रहा था– उसने ऐसा क्यों किया? वो ऐसा क्यों है?

"नहीं, ये मेरा सच नहीं है। मैं ऐसा नहीं हूँ। मैं मिसोजिनिस्ट नहीं हूँ। मुझे किसी से नफ़रत नहीं है। मैं किसी को मारना नहीं चाहता।"

लेकिन फिर भी उसने ये सब किया क्यों? क्या मिला उसे?

ये सारे सवाल उसे अंदर ही अंदर कचोट रहे थे, और वो बस बिलख-बिलख कर रोए जा रहा था।

आधे घंटे बाद अनुष्का का फोन आ गया। अब निशांत क्या करे? फोन उठाए या नहीं?

उससे फोन उठाया नहीं गया। वो हिम्मत नहीं जुटा पाया।

लेकिन वो फोन की स्क्रीन को टकटकी लगाए देखे जा रहा था। कमरे की लाइट बिल्कुल बंद थी, एकदम अंधेरा। उसका शरीर ठंडा पड़ चुका था। बाहर तेज़ आँधी की वजह से लाइट चली गई थी, और पंखा बंद हो रहा था। धीरे-धीरे, गोल-गोल घूमते पंखे पर उसकी नज़रें जमी थीं।

उसे लगा कि अब उसे लटक जाना चाहिए। पर घर में रस्सी नहीं थी।

निशांत ने चादर का फंदा बनाया, और लटकने ही वाला था...

तभी उसके दिमाग़ में आया, "मर रहा हूँ, तो कुछ लिख कर मरूँ... वरना दुनिया को कैसे पता चलेगा कि मैं दुनिया के ज़ुल्मों से मरा हूँ?"

इतने में फोन फिर से बजने लगा।

इस बार भी उसने नहीं उठाया, ये फोन आलोक का था। उसे लगा गाली देने के लिए किया होगा।

उसने नहीं उठाया, और फिर से हिम्मत जुटाने लगा लटकने की।

पर फोन आना बंद ही नहीं हो रहा था।

18 मिस कॉल्स के बाद निशांत ने फोन उठाया।

"खोपड़ीके! मर गया था क्या? आजा गोनी भैया पर। यहाँ आँधी से पेड़ गिर गया है, मस्त हवा चल रही है। आरुष ने कॉकरोच मारने वाले हिट से मस्त माल बनाया है। आजा, पियेंगे।" आलोक बोला।

निशांत को समझ नहीं आया कि हँसे या रोए। उसने गुस्से में कहा, "मैं ये चुतियापे करने नहीं आ रहा।"

आलोक हड़काते हुए बोला, "साले अनुष्का से बात हो रही है ना! दोस्त की गाँ* मार ली, देख कितनी बेइज़्ज़ती हुई मेरी, और तू सिम्प साले औकात दिखा रहा है। मैंने सारे पेज डिलीट कर दिए। तू अपनी सिम्पगिरी कर। अब आजा ना खोपड़ी के!"

निशांत का सुसाइड का बना-बनाया प्लान धरा का धरा रह गया।

उसने सोचा था कि वो लिखेगा कि समाज ने एक युवा को कैसे फेल कर दिया...

पर उस युवा को ये आलोक मरने भी नहीं दे रहा।

निशांत को दिलासा था कि आलोक किसी को कुछ नहीं बताएगा।

वो नीचे स्कूटी स्टार्ट करने लगा। इतने में अनुष्का का मैसेज आया, "मुझे माफ़ कर देना यार। मैं उस वक़्त थोड़ी गुस्से में थी। बहुत ट्रिगर हो गई थी। मैंने तुम्हें बुरा-भला कह दिया।

मुझे लगता ही था आलोक औरतों से नफ़रत करता है। तुम जानते ही हो लड़कियों को समाज कितनी ही आज़ादी देता है और फिर ऐसे पेज बनेंगे, और मर्द ऐसे हो जाएँगे तो समाज किस तरफ़ जाएगा?"

निशांत ने जवाब दिया, "मैं समझ सकता हूँ तुम्हारी बात, और मानता हूँ कि ये पेज सरासर ग़लत था और प्रॉब्लमैटिक था। लेकिन आलोक का भी कंसर्न नज़रअंदाज़ नहीं किया जा सकता। क्या फ़ेक रेप केसेस नहीं होते? क्या औरतें मर्दों को धोखा नहीं देतीं? और उस पेज से ज़्यादातर तो मीम ही साझा होते थे।"

अनुष्का बात को थोड़ा सँभालते हुए बोली, "मैं मानती हूँ ऐसे केसेस होते हैं। लेकिन इसका मतलब आप 'वाइफ बीटर एसोसिएशन' जैसे पेज बना लोगे? ये तो क्रिमिनल चीज़ है। चाहे मीम साझा करो या कुछ

और उस पेज का नाम ही ट्रिगर करने वाला था। अगर ऐसा ह्यूमर है, तो ये बहुत ही घटिया ह्यूमर है।"

अब निशांत अपनी बात अच्छे से कह पा रहा था। उसके अंदर जोश आ गया था।

अनुष्का से बात ख़त्म करते हुए निशांत ने कहा, "कल इत्मीनान से फोन पर बात करेंगे।"

अनुष्का ने हामी भर दी।

निशांत ने पहली बार किसी लड़की से इतनी बात की थी। वो बहुत ख़ुश था, इसी ख़ुशी में, स्कूटी चलाते-चलाते वो पहुँच गया गोनी भैया की दुकान पर।

वहाँ एक गिरे हुए पेड़ की छाया में सब माल फूँक रहे थे। ख़ुशी में निशांत ने भी पाँच जॉइंट फूँक मारे।

महफ़िल रात भर चली, लेकिन सुबह होते-होते सबकी हालत बिगड़ने लगी, सब उल्टी करने लगे, और देखते ही देखते निशांत बेहोश हो गया।

निशांत की आँखें अस्पताल में खुलीं।

उसकी माँ उसे उठा रही थी, फल खिला रही थी और रोए जा रही थी।

उसे कुछ समझ नहीं आ रहा था।

पास वाले बेड पर आलोक, रमन और आरुष बैठे हुए थे।

रमन ने निशांत को देख कर उत्साहित होकर कहा, "उठ गया भाई! चल, कुछ खा ले फिर मस्त कार्ड्स खेलेंगे।"

आरुष ने बात जोड़ते हुए कहा, "भाई अपनी ख़बर अख़बार में आ गई, देख अख़बार में!"

निशांत की माँ ने गुस्से में तीनों को फटकारा, "कैसे नकारा हो तुम! माँ-बाप की जग हँसाई करवा ली और ख़ुश हो रहे हो। अरे शर्म करो थोड़ी! माँ-बाप कितने नाजों से पालते हैं, तुमने ज़रा भी ख़याल नहीं किया। जाने कहाँ मेरी परवरिश में कमी रह गई", और वो रोने लगीं।

निशांत निस्पंद माँ को बस देखता रहा।

क्या ही करता वो? उसने माँ को बहुत दुःख पहुँचाया था।

थोड़ी देर बाद उसकी माँ बाहर चली गई।

निशांत ने उठकर अख़बार देखा,

सिरे पर मोटे अक्षरों में लिखा था:

"चार युवाओं की कॉकरोच मारने वाले स्प्रे से बने गाँजे को पीने से हालत गंभीर", उसने तीनों की तरफ़ निगाह की, आलोक मुस्कुरा रहा था।

निशांत के दिमाग़ में उस वक़्त एक ही सवाल गूँज रहा था, अनुष्का के सामने ज़्यादा बेइज़्ज़ती किस बात की होगी? इस बात की कि वो 'वाइफ बीटर एसोसिएशन' का ऐडमिन है या इस बात की कि कॉकरोच मारने वाले स्प्रे से बना गाँजा पी कर अस्पताल पहुँच गया?

वो नीचे उतरा, तीनों के बेड के पास आया और चारों मिलकर कार्ड्स खेलने लगे।

■